Christine Rechl
(Hrsg.)

Arsen und Butterplätzchen

Böse Weihnachtsgeschichten

Pattloch

Holly Birtwell ist das Pseudonym von Antje Wenzel. Sie lebt in Berlin und schreibt Cozy Crimes. @holly_birtwell_vintage

Beate Ferchlaender lebt im österreichischen Weinviertel, wo auch ihre Romane angesiedelt sind. www.beate-ferchlaender.at

Mareike Fröhlich ist Autorin, Lektorin und Dozentin. Sie liebt Krimis – in kurzer und langer Variante. www.mareikefroehlich.de

Stefanie Gregg ist promovierte Germanistin und schreibt Romane, Kriminalromane und Kurzgeschichten. www.stefanie-gregg.de

Cornelia Härtl lebt im hessischen Langen und schreibt Romane für jede Stimmung. www.cornelia-haertl.de

Franziska Henze schreibt Kurzgeschichten und Thriller, 2024 gewann sie den Glauser für Kurzkrimi. www.franziskahenze.com

Jill Kaltenborn ist eigentlich Ärztin. Nun schreibt sie Krimis. www.jillkaltenborn.de

Michael Kibler lebt in Darmstadt, ist promovierter Germanist und schreibt seit zwanzig Jahren Krimis. www.michaelkibler.com

Gisa Kloenne lebt als Schriftstellerin und Schreibcoach in Köln. 2026 erscheint ihr zehnter Roman. www.gisa-kloenne.de

Anke Küpper ist seit fast dreißig Jahren Autorin. Sie schreibt Krimis, Kinderbücher und Quizze. www.anke-kuepper.de

Georg M. Oswald ist Jurist, Schriftsteller und Lektor. »Große Bescherung« stammt aus seinem Debüt »Das Loch« von 1995.

Edith Anna Polkehn lebt in Niederbayern und hat bereits sieben Kurzgeschichtenpreise gewonnen. www.edithpolkehn.de

Christine Rechl lebt in Coburg und schreibt Krimis, Kurzgeschichten und Geschenkbücher. www.christinerechl.de

Regina Schleheck errang u.a. den Glauser und den Neunkirchener Krimipreis. www.regina-schleheck.de

Chris Staedter schreibt und lebt mit Ehemann, Sohn und zwei Dackelmädchen in Berlin Steglitz. www.chrisstaedter.com

Alexander Vorländer liebt klassische Musik, Kurzgeschichten und nordische Krimis.

Jordan T. A. Wegberg schreibt, lektoriert, übersetzt, coacht und fotografiert. Gelegentlich schläft er. www.tawegberg.de

Inhalt

Chris Staedter

Ein Hauch von Weihnachten

Ich war in Bangkok bei dreißig Grad losgeflogen. Schweißperlen waren über mein Gesicht gelaufen – auf dem kurzen Weg über das Rollfeld vom Terminal zum Flieger.

Jetzt – hier am Bahnhof, hatte das Barometer drei Grad minus angezeigt. Schneeflocken wirbelten im Scheinwerferlicht und die Reifen des Wagens knirschten über die vereiste Fahrbahn. Ich hatte den Hoodie und die lange Hose aus meinem Handgepäck übergezogen. An meinen Füssen trug ich noch meine bunten Flipflops. Es fühlte sich surreal an.

Durch die beschlagene Scheibe des Seitenfensters sah ich die weihnachtlich beleuchteten Vorgärten und Fenster der wenigen Häuser der Dorfstraße, des einzigen Supermarkts und des Dorfkrugs, der schon geschlossen hatte.

Es musste fast Mitternacht sein. Ich war direkt vom Flieger in die Bahn gestiegen, nach der über siebenundzwanzigstündigen Reise ziemlich durch und froh, Irma nicht widersprochen zu haben, als sie mir angeboten hatte, mich am Bahnhof abzuholen. Ich hätte mir auch ein

Taxi bestellen können, aber so hatte sie bereits auf mich gewartet und wir waren losgefahren.

Bei gutem Wetter und besseren Straßenverhältnissen dauerte die Fahrt fünfzehn Minuten, so meinte ich mich zu erinnern. Jetzt waren wir bereits eine halbe Stunde unterwegs, bevor wir endlich das Dorf erreichten. Nun ging es nur noch die schmale Straße entlang zum Anwesen, dann durch das große Tor und die Auffahrt hinauf, und endlich wäre ich zu Hause. Zu Hause? War es das noch?

Ich war mehr als zehn Jahre nicht hier gewesen. War durch die Welt gereist. Selbst der Tod meiner Eltern – vor mehr als sechs Jahren, kurz hintereinander – hatte mich nicht zur Rückkehr bewogen. Auch jetzt wollte ich nicht lange bleiben. War nur gekommen, um alles abzuwickeln und diesen Ort dann für immer und ewig zu vergessen. Keine Erde, in der ich beerdigt werden wollte. Ich war nicht wie meine Eltern, die zeitlebens hier nicht weggekommen waren und die ihre letzte Ruhestätte auf dem kleinen Waldfriedhof gefunden hatten.

Ich hatte damals die erste Möglichkeit zur Flucht genutzt. Trotzdem stieg jetzt in meinem Inneren so etwas wie Wehmut auf. Schnell wischte ich dieses Gefühl beiseite. Keine Zeit für Sentimentalitäten, ich war geschäftlich hier. Verstohlen sah ich zu Irma hinüber, die, gebückt mit rundem Rücken wie ein Äffchen, hinter dem Steuer klemmte und durch ihre große Hornbrille mit zusammengekniffenen Augen blinzelte, damit sie besser durch die Scheibe sehen konnte. Irma war so alt wie ich, aber sie war immer hiergeblieben. Im Dorf. Bis vor sechs Jahren hatte sie sich mit ihrer Mutter um meine Eltern gekümmert, sie gepflegt. Das war mir alles sehr recht gewesen. Ich hatte keine Zeit dafür gehabt, musste die

Welt entdecken, hier und da studieren ... Einer Arbeit war ich bis heute nicht nachgegangen. Geld war immer da gewesen – bis jetzt. Nun ging es aber langsam zu Neige und ich hatte beschlossen, dass ich das komplette Anwesen zu Geld machen wollte. Das Anwesen war riesig. Es gab das Herrenhaus, mehrere kleinere Wirtschaftsgebäude und natürlich auch noch etwas Wald dazu. Dies alles war von Irma und ihrer Mutter in Schuss gehalten worden, sodass es beim Verkauf eine stattliche Summe bringen müsste, die mir mein gewohntes Leben weiterhin finanzieren würde. Sicher, Irma und ihre Mutter würden weichen müssen, es sei denn, der neue Besitzer würde auch ihnen eine Anstellung geben.

Irma steuerte geübt den großen alten Mercedes meines Vaters durch das hohe schmiedeeiserne Tor. Ich bildete mir ein, dass sein Aftershave noch in den Sitzpolstern hing.

Die ersten Gebäude kamen in meinen Blick. Vor mehr als zwanzig Jahren war das alles in Betrieb gewesen. Meine Eltern und ihre Vorfahren hatten mit der Zucht von Pferden ihr Geld gemacht und einige Siegerhengste hervorgebracht. Ich, als letzter Spross dieser Familie, hatte kein Interesse daran gehabt und so hatte mein Vater letzten Endes alles aufgegeben. Stall und Wirtschaftsgebäude standen schon lange leer, meine Eltern hatten sich in das im Jugendstil erbaute Herrenhaus zurückgezogen. Bis zu ihrem Tod.

Irma parkte den Wagen vor dem hell erleuchteten Haus. Im Eingang erwartete uns, gealtert und klein, ihre Mutter, um deren Füße zwei schwarz-weiße Katzen strichen.

»Miri, wie schön dich zu sehen«, begrüßte mich Lore. Sie lächelte ein strahlend weißes Lächeln und ihre Augen blitzten verschmitzt. Ich hatte Irma immer um ihre Mutter beneidet. Sie war, wie man sich eine Mutter eben vorstellte: Warmherzig, gütig, konnte backen und kochen, und hatte immer alles, wirklich alles für Irma getan und sie immer vor allem und jedem beschützt.

»Ich freue mich auch.« Ich lächelte. Aus dem Haus roch es verführerisch nach Keksen. Ich sog den Duft ein. »Der Hauch von Weihnachten. Wie früher.« Nach all den Jahren in der Fremde würde ich wieder ein Weihnachten in Deutschland, in meiner alten Heimat, verbringen.

»Miri, du bist sicher müde. Ich hätte aber noch Tee und Kekse für dich. In der Küche, wenn du möchtest.«

Lores Weihnachtskekse waren immer unwiderstehlich gewesen und so, wie sie ihren Duft durch das Haus verströmten, konnte ich kaum nein sagen. Ich nickte dankbar.

Irma hatte meinen Rucksack über ihre Schulter geworfen und war an uns vorbei ins Haus gestapft. Ich und Lore folgten nun, begleitet von mittlerweile vier Katzen. Meine Eltern hatten, außer Pferden und ein paar Wachhunden, nie Tiere gehabt. Es erstaunte mich, dass es jetzt Katzen zu geben schien. Irma ließ meinen Rucksack auf einen großen Ohrensessel in der Eingangshalle gleiten und wies geradeaus.

»Weißt du noch, wo die Küche ist?«

Ich erinnerte mich. Wir durchschritten die Halle, dann das Wohnzimmer, in dem der Kamin prasselte, nahmen den Gang nach rechts und gelangten in die große Küche, mittlerweile flankiert von acht ausgewachsenen Katzen.

»Ihr habt aber einige Katzen mittlerweile«, erlaubte ich mir zu bemerken – etwas irritiert über fünf weitere Tiere, die auf mehreren Kissen verteilt in der Küche schliefen.

»Sind sie nicht süß? Und so treu.« Irma blickte verzückt und kraulte eine rote Katze hinter dem Ohr, die wonnig schnurrte.

»Hm.« Brummte ich, nicht wirklich begeistert von Tieren in der Küche. Ich hatte bei meinen Reisen viel Symbiotisches zwischen Menschen und Haustieren gesehen, das hier war mir aber etwas zu viel.

»Setzt dich, nimm einen Keks und trink einen Schluck Tee.«

Ich war zu müde, um das Katzenthema und die anderen Dinge heute Abend noch anzuschneiden. Also beschloss ich, das alles auf morgen zu verschieben. Schließlich hatte ich in dem Telefonat schon angedeutet, dass der Besuch die Suche nach einem Makler, für den Verkauf von Haus und Grund, sein würde. Jetzt war aber erst einmal Weihnachten und wir würden hoffentlich ein paar entspannte Tage zusammen verbringen, bevor wir über Bürokratisches sprechen mussten.

Kekse und Tee schmeckten verführerisch und ich griff beherzt weiter zu.

»Hier im Dorf – immer noch alles beim Alten?«

»Alles beim Alten. Hier wird sich nichts mehr ändern.« Lore nickte lächelnd.

»Hat mal jemand nach mir gefragt?«

»Nein. Alle denken, du bist bei einer deiner Reisen von einem Löwen gefressen worden. Schließlich mussten wir einen Grund nennen, warum du nicht zur Beerdigung deiner Eltern gekommen bist, und ich fand eine dramatische Geschichte passend.« Irma grinste.

Ich lachte. Lustige Vorstellung! Von einem Löwen gefressen ... Irma war schon immer gut darin gewesen, sich Geschichten auszudenken. Dann sah ich in die ernst blickenden Gesichter der beiden und stutzte. Hatten sie es vielleicht ernst gemeint?

Ein seltsames Gefühl beschlich mich. Ich lachte nicht mehr. Wie eine Welle überkam mich der Gedanke – schnell und schockierend. Aber natürlich!

Niemand wusste, dass ich hier war. Deswegen hatte Irma auch darauf bestanden, mich abzuholen. Auch in der Ferne war mir niemand so nah, dass ich ihm gesagt hatte, dass ich eine Reise nach Deutschland unternehmen würde. Also würde ich dort auch nicht vermisst werden. Ein Plan – von den beiden gefasst, als ich ihnen den Verkauf des Anwesens mitgeteilt hatte. Wie dumm war ich gewesen? Wahrscheinlich gab es irgendwo ein Schriftstück, das die beiden zu den Erbinnen des Anwesens machte, wenn es keinen gesetzlichen Erben mehr geben würde. Ich würde dieses Grundstück nicht mehr lebendig verlassen. Sie würden mich irgendwo im Wald vergraben, wo niemand suchen würde. Hier in dieser Erde, in der ich nicht begraben werden wollte und in der ich jetzt doch für immer bleiben würde. Oder noch schlimmer: Sie würden mich zu Katzenfutter verarbeiten und mich an ihre zwanzig Katzen, oder waren es sogar mehr, verfüttern.

Die Gedanken rasten immer schneller durch meinen Kopf. Der Kopf der unerträglich schmerzte. Ich wollte aufstehen, weglaufen, doch alles drehte sich, mir wurde schlecht – unerträglich schlecht, gleichzeitig dröhnte mein Herz wie nach einem Sprint und ich hatte das Gefühl, keine Luft mehr zu bekommen. Ein Hauch von Weihnachten, kam es mir wieder in den Sinn, der Marzipangeruch der Plätzchen ...

Dann wurde mir schwarz vor Augen.

Christine Rechl

Ordnung ist das halbe Leben

Sie hatte die Schachtel anders hingelegt, das wusste sie genau. Als sie morgens das Haus verlassen hatte, war sie rechtwinklig zum Läufer auf dem Küchentisch gelegen.

Es war ihr bewusst, dass andere sie für zwanghaft hielten, aber sie mochte es eben ordentlich. Wenn sie etwas suchte, fand sie es schnell. Ihr Mann dagegen war ständig auf der Suche.

Heute Morgen war er vor der offenen Schublade mit seinen Nahrungsergänzungsmitteln gestanden und hatte nach Vitamin B gesucht. Viele seiner Sätze begannen mit *wo ist*. Sie war neben ihn getreten, um zu verhindern, dass er die ganze Küche in Unordnung bringen würde.

»Da.« Mit einem Blick hatte sie gefunden, was er suchte.

Die Schublade hatte sie ihm zugeteilt, damit er seine angebrochenen Packungen nicht überall im Haus verteilte. Sicher hatte er die Schachtel mit dem einzigen Medikament, das sie nahm, beim Telefonieren gedankenverloren verschoben. Er nahm keine Rücksicht auf ihre Gefühle und hatte keinen Sinn für Ästhetik. Wie oft hatte sie ihn gebeten, die Schuhe parallel in sein Abteil im Schuhregal zu stellen. Wie oft war sie nach Hause gekommen und über seine riesigen Schuhe gestolpert.

Nie hätte sie gedacht, dass sie einmal so ordentlich werden würde. Früher konnte sie die Weingläser des Abends stehen lassen und sie erst am Morgen abspülen. Aber seitdem ihre Eltern bei einem Verkehrsunfall, verursacht durch einen verwirrten Geisterfahrer, beinahe ums Leben gekommen waren, ertrug sie keine Unordnung mehr. Es war wichtig, sich an Regeln zu halten, sonst verlor man schnell den Überblick und die Orientierung. Deswegen hatten alle Dinge im Haus ihren Platz, zumindest die ihren.

Als sie das Haus gebaut hatten, mussten sie eine Risikolebensversicherung abschließen. Das hatte die Bank verlangt. Zur gegenseitigen Absicherung im Todesfall. Der Tod des einen konnte schnell den Ruin des anderen bedeuten – in ihrem Fall wohl eher den ihren. Ohne ihren Mann hätte sie sich das Haus niemals leisten können und würde immer noch in einer dieser Vorstadtsiedlungen leben, wo Kinder ihre Spielsachen und Roller überall herumliegen ließen.

Die Siedlung, in der sie gebaut hatten, war ruhig, die Gärten mit geraden Zäunen abgetrennt. In jedem Vorgarten stand ein immergrüner Baum, das war im Bebauungsplan so vorgegeben gewesen. Man hatte damals zwischen Kiefern, Eiben und Kirschlorbeer wählen können. Der Kirschlorbeer war eine gute Entscheidung gewesen. Man konnte ihn problemlos zurückschneiden und er verlor nur wenige Blätter, die leicht aufzusammeln waren.

Den Rasen mähte ein Rasenroboter. Durch die igelfreundliche Programmierung musste sie nicht, wie manche ihrer Nachbarn, verletzte Igel aufsammeln und zum Tierarzt bringen.

Schon vor Wochen hatte sie den Rasenroboter und die Gießkannen für den Winter in den Schuppen gebracht.

Das Haus war barrierefrei. Sie waren zwar beide erst Mitte vierzig, aber auch sie würden älter werden – sie zumindest.

Seine Unordnung betraf nicht nur Gegenstände. Er lud auch öfters Kollegen und Freunde nach Hause ein. An solchen Abenden ging sie meist zeitig zu Bett und stand am nächsten Morgen eine Stunde früher auf, um das aufzuräumen und zu putzen, was er Ordnung nannte.

Die Schachtel heute Morgen hatte ihr zu denken gegeben. Wie sollte das später einmal werden, wenn er in Rente gehen und den ganzen Tag zuhause sitzen würde? Oder wenn er sich doch wieder fürs Homeoffice entschied? Der Lockdown war die Hölle für sie gewesen, das würde sie nicht noch einmal durchstehen.

Sie ging in sein Arbeitszimmer und suchte nach dem Ordner mit den Hausunterlagen. Er hatte darauf bestanden, die Ordner selbst anzulegen und sie dort aufzubewahren. Schließlich hatten sie das Darlehen nur bekommen, weil er Beamter war, argumentierte er. Er wolle die Kontrolle darüber behalten.

Immerhin waren die Ordner beschriftet, auch wenn sie nicht alphabetisch im Regal standen. Sie fand den Ordner schnell und blätterte durch die Seiten. Das Ablagesystem bestand darin, dass ihr Mann alles nach Eingang obenauf heftete, ohne Register. Dem Kostenvoranschlag für das neue Balkongeländer folgte die Rechnung der Hausratsversicherung, die Rechnung für die Kanalreinigung und der Gebührenbescheid für die Müllabfuhr. Sie musste sich zurückhalten, um nicht gleich jetzt alles zu sortieren. Bald würde sie Registerkarten anschaffen.

Als sie die Police der Lebensversicherung fand, nahm sie sie aus dem Ordner heraus und stellte ihn zurück ins Regal. Sehr unwahrscheinlich, dass er ausgerechnet heute danach suchte. In ihrem Arbeitszimmer heftete sie die Papiere im Ordner mit der Aufschrift »Persönliches« ab. Gleich würde er nach Hause kommen, morgen Vormittag könnte sie in Ruhe die Unterlagen studieren und einen Plan entwickeln.

Bald war Weihnachten, er liebte ihre Butterplätzchen, bei denen der Teig aus Mehl und Mandeln bestand. Halbe-halbe. Arsen schmeckte doch angeblich nach Mandeln. Oder galt das für Zyankali? Egal, für welches Gift sie sich entscheiden würde, es blieb die Frage der Beschaffung und der Nachweisbarkeit. Sie würde sich genau informieren und nichts überstürzen. Dank Internet dürfte das alles kein allzu großes Problem sein. Oder lieber Spitzbuben? Die mochte er auch. Mit dunkler Marmelade gefüllt. Ein paar Tollkirschen darin würden nicht auffallen. Leider hatte sie es im Sommer versäumt, welche zu sammeln. Sie hatte ja nicht wissen können, dass es so eskalieren würde. Unmöglich konnte sie noch ein ganzes Jahr warten.

»Ich freu mich, bis morgen!«, hörte sie ihn sagen, als er die Tür aufschloss. Er war früh dran heute.

Sie wusste genau, dass er die Schuhe nicht ins Regal

gestellt und seinen Schal nicht zusammengelegt auf seine Seite der Ablage gelegt hatte. Das konnte sie von der Küche aus hören, wie sie auch eine leichte Gereiztheit, untermalt von freudiger Erregung aus seiner Stimme heraushörte.

»Morgen wird das Geländer für den Balkon geliefert. Ich habe endlich einen Termin bekommen«, sagte er. »Nicht, dass noch etwas passiert.«

Von der Straße aus sah man nicht, wie groß das Haus war. Nach vorne war es eingeschossig, nach hinten gab es dank des steil abfallenden Gartens noch ein weiteres Stockwerk und den ebenerdigen Keller. Das Geländer des Balkons vor dem Schlafzimmer war aus Holz gewesen. Ein Fehlkauf, wie sich herausstellte, denn schon nach kurzer Zeit war es verwittert und grau. Sie hatte darauf gedrängt, stattdessen eines aus verzinktem Stahl anzuschaffen. Die Montage des neuen Geländers hatte sich durch Lieferengpässe um Wochen verzögert, das alte Geländer war schon längst abmontiert worden.

»Wie schön, dann kann ich meine Bettdecke ausschütteln, ohne dass mir jedes Mal schwindlig wird.«

»Ja, Schatz, morgen hat es damit ein Ende.«

»Hast du es schon bezahlt?«

»Seit wann interessierst du dich für so was?«

»Einfach so, man hört ja überall, dass alles teurer wird.«

»Ich habe es tatsächlich schon bezahlt, zum Dank haben sie uns so lange warten lassen.«

Sie sahen zusammen die Tagesschau an. Beim anschließenden Krimi schlief sie ein. Dann gingen sie zu Bett. Irgendwie war er heute anders zu ihr, er wirkte ein bisschen wehmütig. Fast tat er ihr leid, sie hatte ihn einmal sehr geliebt.

»Danke, dass du dich um das Geländer gekümmert hast, ich freu mich sehr.« Sie strich ihre Bettdecke glatt.

»Bin auch froh, hat lange genug gedauert.«

Sekunden später war er bereits eingeschlafen, während sie wach lag und über Plätzchenrezepte nachdachte.

Um 6:30 Uhr klingelte der Wecker. Wie üblich stand sie zuerst auf, er blieb meist noch fünfzehn Minuten liegen. Sie öffnete die Balkontüre. An sonnigen kalten Tagen wie diesem könnte sie in Zukunft ihre Decke über das Geländer breiten und auslüften, um die Milben zu vernichten. Sie trat mit der Decke auf den Balkon hinaus, rutschte mit dem Fuß auf dem spiegelglatten Boden nach vorne, verlor den Halt und fiel nach unten. Das Letzte, was sie wahrnahm, war, dass der Glastisch nicht an der richtigen Stelle stand.

»Ein tragischer Unfall«, sagte der Polizist, als ihre Leiche abgeholt wurde. »Und das so kurz vor Weihnachten. Wenn Sie psychologische Hilfe brauchen, können wir Ihnen jemanden vermitteln.«

Dann war es ruhig im Haus. Seinem Haus, wie er erfreut dachte. Er würde sich noch Zeit lassen, bis er bei der Lebensversicherung anrief. Zumindest die Beerdigung sollte er abwarten. Er ging in den Garten und betrachtete den Glastisch. Sie war mit dem Kopf genau an der Ecke aufgeschlagen. Die Platte hatte dem Aufprall standgehalten. Trotzdem würde er ihn wegwerfen, er hatte den Tisch nie gemocht. Er blickte zum Obergeschoss und konnte es noch immer kaum glauben. Ein Eimer Wasser hatte genügt, den Balkon mit einer spiegelglatten Eisschicht zu bedecken. Ein bisschen traurig war er trotzdem. Sie war nicht immer so gewesen.

Alexander Vorländer

Adele

Adele war eine Dame, zierlich, immer auf ihr Äußeres bedacht und auch jetzt im Alter noch zielstrebig, obgleich sie ein wenig schüchtern wirkte. In Gesellschaft hielt sie sich meist zurück, überhaupt ging sie Zusammenkünften weitgehend aus dem Weg. Als freundlich-distanziert hätten Menschen, die ihr begegneten, sie bezeichnet.

Adele war an allem Technischen interessiert. Vielleicht hing das mit der Tatsache zusammen, dass ihr Vater Uhrmacher gewesen war und sie als Kind viele Stunden bei ihm in der Werkstatt zugebracht hatte. In ihrer Jugend träumte sie davon, Automechanikerin zu werden. Ihre Eltern aber befanden, das sei kein Beruf für eine Frau, und so absolvierte Adele eine Ausbildung zur Apothekenhelferin. Damals hießen pharmazeutisch-technischen Assistentinnen noch so. Bei der Herstellung von Salben, Tinkturen und Pillen stellte sie sich recht geschickt an, wirklich Freude an ihrem Beruf hatte sie jedoch nicht.

Adeles erster Mann war Offizier, wesentlich älter als sie und von herrischem Wesen. Sie hatten sich bei einem seiner häufigen Besuche in der Apotheke kennengelernt.

Ständig plagten ihn alle möglichen Zipperlein, derer er durch Medikamente Herr zu werden suchte. Niemand verstand so recht, was sie dazu bewog, seinen Heiratsantrag anzunehmen. Vermutlich erhoffte sie sich finanzielle Sicherheit und die Aussicht, die wenig geliebte Tätigkeit in der Apotheke aufgeben zu können, mochte auch eine Rolle gespielt haben.

Die Ehe verlief ereignislos, man könnte auch sagen: freudlos. Adele gewöhnte es sich an, die Tiraden ihres Mannes zu überhören, und zeigte auch keinerlei Interesse an den militär-strategischen Themen, die ihr Mann – selbstverständlich mit sich selbst im Mittelpunkt – ihr Tag für Tag näherzubringen suchte. In der von Haushaltspflichten freien Zeit ging Adele ihrem Interesse an Technik nach.

So freudlos wie die Ehe verlaufen war, so freudlos war auch ihr Ende. Adeles Mann war auf dem Weg zu einem Kameradschaftsabend. Es hatte heftig geschneit und die Polizei vermutete, dass er bei der Schneeglätte und vermutlich wegen überhöhter Geschwindigkeit von der Straße abgekommen war. Der Aufprall auf einen Baum hatte einen Totalschaden des Wagens zur Folge und Adeles Mann hatte wohl nicht einmal mehr Zeit gehabt, sein Schicksal zu verfluchen, bevor er für immer die Augen schloss. Das vermutete jedenfalls der Hausarzt, der den Totenschein ausstellte.

Nach einer angemessenen Trauerzeit, in der sie vom ehelichen Erbe lebte – ihre Berufstätigkeit hatte sie inzwischen aufgegeben –, heiratete Adele zum zweiten Mal. Ihr zweiter Mann war das genaue Gegenteil des ersten Gatten. Er war ein stiller und introvertierter Ingenieur, der ganz in seiner Arbeit aufging. Seine beruflichen Anstrengungen zahlten sich aus. Er nannte mehrere Patente sein Eigen, die ihm ein sorgenfreies Leben, ganz ohne zu arbeiten, ermöglicht hätten. Er zog es jedoch vor, weiterhin jeden Tag an seinem Schreibtisch an der nächsten Erfindung zu tüfteln.

Auch bei dieser Ehe fragten sich Außenstehende, was wohl bei der Partnerwahl den Ausschlag gegeben haben mochte. Vielleicht genügte es ihm, bei seiner Arbeit in Ruhe gelassen zu werden, und sie konnte sich damit anfreunden, mit nichts außer dem Haushalt befasst sein zu müssen. Womöglich hatte auch Adeles Interesse an Technik eine Rolle gespielt. Die viele ungestörte Zeit nutzte Adele, um ihre Kenntnisse in allen kulturellen Bereichen zu erweitern. Besonders für die Malerei entwickelte sie ein gesteigertes Interesse, auch hier vor allem für die technischen Details und weniger für den künstlerischen Gehalt.

Auch Adeles zweiter Ehe war keine lange Dauer beschieden. Die viele Büroarbeit ihres Mannes ohne jeden Ausgleich durch Urlaub oder Sport hinterließen ihre gesundheitlichen Spuren. Er wurde immer blasser, verlor an Gewicht und hatte zunehmend Konzentrationsstörungen und kurze Aussetzer. In seinem Eigensinn verbat er sich jeden Ratschlag, sich untersuchen zu lassen. Als Adele schließlich trotzdem den Hausarzt rief, war er schon so geschwächt, dass er kaum sprechen konnte, und auf dem Weg ins Krankenhaus tat er seinen letzten Atemzug.

Bis zu Adeles dritter Ehe verging einige Zeit, in der sie die geerbten Patente zu Geld machte und eine neue Wohnung bezog. Adeles dritter Mann war ein wieder völlig anderer Typ: Metzgermeister und Inhaber von drei Fleischerei-Geschäften. Als Mitglied im örtlichen Trachtenverein schätzte er Geselligkeit. Er besuchte deshalb nicht nur jede Woche seinen Stammtisch, sondern veranstaltete regelmäßig zu Hause feucht-fröhliche Gesellschaften mit zahlreichen Gästen. Zu feiern verstand er, das musste man ihm lassen. Da konnte man schon einmal über seinen erheblichen Leibesumfang und die durch die Liebe zum Alkohol gerötete Nase hinwegsehen.

Adele, die gesellschaftliche Anlässe, wie schon bemerkt, eher mied, hätte, wenn schon die Notwendigkeit bestand, Empfänge für erlesene Gäste mit Gesprächen über schöngeistige Themen bei Champagner und Kanapees den zünftigen Zusammenkünften der Vereinsmitglieder jederzeit vorgezogen. Sie ließ sich jedoch nichts anmerken. Schließlich musste sie sich um nichts weiter kümmern. Entweder war ihr Mann beim Stammtisch oder irgendwo eingeladen und bei Einladungen ins eigene Haus sorgte der Partyservice der Metzgereikette mit deftigen Büffets für das leibliche Wohl.

Die Frage, warum Adele einen Mann geheiratet hatte, der weder ihren intellektuellen Ansprüchen genügte noch ihr in punkto Lebensart das Wasser reichen konnte, ließ die Leute mit dem Kopf schütteln, aber wer wusste schon, wo die Liebe hinfällt.

Zur allgemeinen Bestürzung endete auch diese Ehe nach nur kurzer Zeit auf tragische Weise. Man fand den Metzgermeister eines Morgens an Unterkühlung gestorben im Kühlhaus seiner Metzgerei. Dem Hausarzt, der nun schon zum dritten Mal einen Totenschein für einen von Adeles Gatten ausstellen musste, fiel der starke Alkoholgeruch auf. Dass sein Patient häufig Bier, Wein und noch Stärkerem zusprach und dann nicht immer Herr der eigenen Sinne war, das war allgemein bekannt.

Nur warum er mitten in der Nacht ins Kühlhaus gegangen war und dort das Bewusstsein verloren haben musste, konnte sich niemand erklären. Verständlicherweise wollte keiner die nunmehr zum dritten Mal verwitwete Adele mit indiskreten Fragen behelligen und so endete das Metzgerleben mit einer standesgemäßen Beerdigung und einer anschließenden Trauerfeier, die ganz in seinem Sinne gewesen wäre: Alle ehemaligen Bekannten und Freunde nahmen Abschied bei Wurst, Braten und reichlich Alkohol.

Dass Adele die Metzgerei-Kette nicht weiterführen konnte, war klar und dass sie deshalb Geschäft und Wohnhaus an einen Konkurrenten verkaufte, fand allgemeines Verständnis.

Nun sollte man meinen, nach drei tragischen Todesfällen überwiege die Skepsis gegenüber einer neuerlichen Verbindung. Nicht so bei Adele. Diesmal schüttelten die Leute nicht mit dem Kopf, denn Ehemann Nummer vier entsprach perfekt Adeles Erwartungen an ein gepflegtes Miteinander mit intellektuellem kulturellem Anspruch. Es handelte sich um einen Schöngeist, der sich in Literatur, klassischer Musik und bildender Kunst auskannte. Durch seine Tätigkeit als Kurator in einem Museum war er besonders in der Kunst des Impressionismus und der Moderne bewandert. Geschickter Einsatz des elterlichen Erbes hatte ihm zu einer eigenen, inzwischen ausgesprochen wertvollen Gemäldesammlung verholfen.

Adele neigte zwar den Alten Meistern zu, konnte aber allein der Tatsache, gemeinsam mit ihrem Ehemann zwischen wertvollsten Gemälden zu wohnen, selbst wenn diese nicht ihrem Geschmack entsprachen, durchaus etwas abgewinnen – trotz der horrenden Versicherungsgebühren, die anfielen, weil die Kostbarkeiten nicht in irgendeinem Tresor aufbewahrt wurden.

Doch auch diese Ehe war nicht von Dauer. Adeles Mann hatte wochenlang gegen die Leiden angekämpft, den Tod aber wohl nicht mehr bei Bewusstsein kommen sehen. Der langjährige Hausarzt blickte in den kahlen, im kalten Dezemberregen trist vor sich hin dämmernden Garten und seufzte. Sein Patient, für den er gerade den Totenschein ausgefüllt hatte, hatte vergeblich gehofft, Weihnachten noch zu erleben.

Adele schien auf eine medizinische Diagnose zu den Todesumständen zu warten. »Eine Tasse Tee oder etwas Süßes nach dem traurigen Anlass?«, fragte sie und schob dem Arzt eine Schale mit Weihnachtsplätzchen zu. Der schüttelte jedoch nur den Kopf: »Lieber nicht. Aber etwas anderes nehme ich gerne. Den Monet über dem Kamin und den kleinen Degas im Flur. Als kleine Geste der Dankbarkeit für die natürlichen Todesursachen auf den Totenscheinen der ganz unnatürlich verblichenen Ehemänner zwei und vier.« Er legte eine Pause ein und rückte seine Brille zurecht. »Die Anzeichen für eine Arsenvergiftung werden heutzutage nur deshalb so häufig übersehen, weil Arsen kaum noch verwendet wird. Nun, zu meiner Zeit kamen die Symptome im Medizinstudium noch vor. Und Sie konnten sich in Ihrer Zeit in der Apotheke einen ausreichenden Vorrat anlegen, für alle Fälle sozusagen.«

Adele sah den Hausarzt unverwandt an, als er fortfuhr.

»Für die Ehemänner Nummer eins und drei wäre wohl auch eine kleine Entschädigung angebracht, aber wir wollen fair bleiben, denn bei diesen fehlen mir Beweise.

War der Autounfall wirklich ein Unfall? Oder hat da jemand mit technischem Geschick den Wagen manipuliert? Dass dieser gewisse Jemand den Riegel zum Kühlhaus hinter einem wieder mal betrunkenen Ehemann geschlossen hat, der mitten in der Nacht etwas holen sollte, ist durchaus wahrscheinlich. Der Riegel könnte aber auch von selbst eingeschnappt sein. Rein theoretisch.«

Adele schwieg noch immer.

»Warum ich nie etwas gesagt und jedes Mal anstandslos einen natürlichen Tod bescheinigt habe? Nun, ich dachte, irgendwann zahlt sich mein Schweigen aus. So wie heute mit Monet und Degas. Nur eine Frage habe ich noch: Warum mussten sie sterben?«

Adeles Stimme klang kälter als der Dezemberregen: »Weil sie es verdient haben. Sie alle meinten, dass sich irgendwann auszahlt, was sie getan oder unterlassen haben.« Mit diesen Worten zog sie eine hässlich aussehende Pistole hervor: »Unfall, Arsen und Kälte langweilen mich inzwischen. Und heiraten muss ich auch nicht noch einmal.«

Der Knall hallte durch das Haus – kein schöner Abschluss eines Dezembertages.

Stefanie Gregg

Wir sagen euch an den lieben Advent

Es roch nach Schnee, glaubte er zumindest. Aus einem Nebenzimmer erklang: »Wir sagen euch an den lieben Advent, sehet die erste Kerze brennt.« Das verstand er sicher.

Doch da war noch ein anderes Geräusch, eines, das nur schwer einzuordnen war. Ein permanentes Klackern, irgendeine Maschine, die hinter ihm stand. Und dieser scharfe Geruch. All das nahm er gedämpft, wie durch Watte, wahr, während er sich bemühte, seine Augen zu öffnen. Als ihm dies endlich gelang, sah er zuerst ein blendendes Licht, mit einem dunklen Kreis in der Mitte. Langsam zogen sich die verschwommenen Konturen zusammen und er erkannte, dass das Licht die Sonne war, die durch ein Fenster auf ihn fiel. Der dunkle Punkt formte sich sehr langsam zu einem Engel aus Papier, der auf der Mitte des Fensters prangte.

Leicht drehte er seinen Kopf. Dann sah er das Gesicht einer Frau, die sich über ihn beugte. Sehr nahe. Nicht, dass ihm das unangenehm gewesen wäre, eher verwundert nahm er es hin.

Zuerst fiel ihm auf, dass sie gut roch. Ein angenehmes

Parfum, nicht zu blumig. Dann bemerkte er die hübschen, blonden Haare, die ihr feines Gesicht umrahmten. Wie der Papierengel am Fenster. Schließlich sah er auch die rot geweinten Augen.

»Robert«, sie blickte ihm in die Augen und war ihm immer noch so unglaublich nahe, »Robert, kannst du mich hören?«

Sie konnte niemanden anders als ihn meinen, wenn sie ihn so ansah und ansprach. Also versuchte er *Ja* zu sagen, doch aus seinem Hals kam nur ein leises Röcheln.

»Nicht sprechen«, hauchte sie sanft, »nicht sprechen, deine Kehle ist noch zu verwundet von den Schläuchen, nicke einfach.«

Er versuchte es, aber auch das fiel ihm sehr schwer. Sie sah ihn zweifelnd an. Anscheinend wartete sie auf eine Bewegung von ihm, die er wohl nicht deutlich genug zustande brachte. Ihre blauen Augen verschwammen in Tränen und er hätte ihr wirklich gerne zugenickt, aber er war schon wieder so müde. »Mein Engel«, dachte er noch, bevor er langsam wegdämmerte.

Wieder weckte ihn ein Laut, es war ihre Stimme: »Doch, er hatte die Augen offen und er hat mir ganz leicht zugenickt. Wenn ich es Ihnen doch sage.«

Die andere Stimme war rau und unangenehm laut. Er ordnete sie eher der Teufelsseite zu, wenn die andere sein Engel war.

»Das bilden Sie sich nur ein. Das wirkt manchmal bei komatösen Patienten so. An den Werten hat sich nichts verändert. Gehen Sie jetzt mal nach Hause, schlafen, das brauchen Sie dringend.«

Es entwickelte sich ein weiterer Disput zwischen den beiden, dem er nicht folgen konnte, sodass er erleichtert war über die nächste Welle, die ihn sanft in den Schlaf mitnahm. »Doch«, hörte er als letztes, bevor er hinwegsank, die Stimme seines Engels. »Es ist ein Adventswunder. Weihachten wird er wach sein.«

Das Nächste, was er spürte, war eine streichelnde Berührung auf seiner Wange, danach kämmte ihm jemand das Haar und schließlich spürte er zwei sanft küssende Lippen auf seinen und roch den Duft des Engels. Er kämpfte an gegen die wie Blei auf seinen Augen liegenden Lider, bis er sie endlich öffnen konnte und genau in ihre blauen Augen sah. »Noch mal«, hätte er gerne gesagt, »noch mal küssen«, aber das war zu anstrengend.

Doch sie schien es zu verstehen. »Robert, bist du bei mir?« Sie legte ihm die Finger auf die Lippen und flüsterte: »Nichts sagen, nichts sagen, ich sehe dich doch, ich weiß, dass du da bist.« Und dann küsste sie ihn noch mal, drückte ganz sanft ihre warmen Lippen auf seine. Eine Flut von Wärme durchströmte seinen Körper, eine Flut, die ihn herausriss aus der taumelnden Müdigkeit, die ihn hochriss aus diesem Strom von Schwere.

Als sie ihre Lippen von seinen löste, fuhr sie mit ihren weichen Fingern über sein Gesicht, fuhr seine Augenbrauen nach, die Nase, das Kinn. Sie strahlte ihn an und küsste ihn noch einmal. Er wurde bereits wieder müde, aber er wehrte sich dagegen, er wollte bei ihr bleiben, bei seinem Engel.

»Wir sagen euch an den lieben Advent. Sehet, die zweite Kerze brennt.« Leise kam das Lied durch die Wände.

»Ist gut, Robert, schlaf wieder. Ich weiß, dass du da bist. Wenn du das nächste Mal aufwachst, werde ich dich wieder küssen.«

Mit diesem Gedanken konnte er sich beruhigt in den Schlaf fallen lassen, der nicht mehr ganz so tief war wie zuvor.

Meist war sie da, wenn er aufwachte – fast immer. Manchmal war die dicke Teufelin da, die ihn so grob wusch, dass er versuchte, dabei weiterzuschlafen, was ihm anfangs besser, aber mit der Zeit immer schlechter gelang. Auch andere Frauen gingen aus und ein, sprachen mit ihm. Ab und an waren es auch Männer. Irgendwann wurde ihm klar, dass er wohl in einem Krankenhaus lag. Alles andere blieb ihm unklar, war aber auch unwichtig. Die Frauen und Männer – das konnte er sich irgendwann merken – sprachen ihn mit *Herr Winter* an. Wichtig für ihn war jedoch nur, wenn sein Engel kam. Sie nannte ihn *Robert*. Beide Ansprachen schienen ihm seltsam fremd, aber irgendwann nahm er an, dass diese Namen wohl zu ihm gehörten. Wie sie *Robert* flüsterte, mochte er. Es war unglaublich liebevoll. Und sie holte ihn ins Leben zurück. Sie hielt ihr Versprechen. Wenn sie da war, bekam er Küsse. Erst sanft, dann drängender, verspielter, fordernder. Die Küsse bedeckten seine Lippen, seine Wangen, seine Augen, seine Stirn. Und sein Begehren nach mehr wuchs, wenn sie da war, bis zu dem einen Tag, wo plötzlich seine Hand zupackte, weil er ihre spürte. Er hielt sie fest, er konnte es wieder, und er konnte ihre wunderbar sanfte Haut spüren. Und da ließ sie sich fallen auf ihn, ihren ganzen weichen Körper auf seinen. Er konnte erst ihren Körper spüren, dann auch seinen, als ob sie seine Körperteile zum Leben erwecken konnte.

Als ihr dies klar wurde, begannen die Küsse auf den Lippen, zogen sich dann weiter über seinen Hals, bedeckten seine Arme, die Hände, die Finger und jede einzelne

Fingerkuppe. Dann stockte sie. »Robert, Robert«, seufzte sie, »wenn du mehr willst, musst du ganz aufwachen.«

Er tat es, jeden Tag war er ein wenig mehr wach. Er übte, seine Finger zu bewegen, seine Füße, irgendwann, Tage später, seine Beine. Dann begann er zu sprechen. Ja, Nein, Danke, Bitte, Durst. Die Geräte um ihn herum wurden weniger. Langsam kamen mehr Worte, ganze Sätze. Die Teufelin setzte ihn auf und bewegte seine Beine, was für ihn schmerzhaft war. Aber er war ihr nicht böse, denn für jeden Fortschritt wurde er von seinem Engel mit einem Kuss belohnt. Irgendwann kam die Zeit, als er nach Klarheit suchte. Die Teufelin sprach den Engel mit *Frau Winter* an, sie trug einen Ring am Finger. Unfassbar, aber sie musste seine Frau sein. Hatte er so einen Engel verdient? Er war Robert, Robert Winter. Sie war Frau Winter. Aber so viel er auch darüber nachdachte, er wusste nicht, wie sie mit Vornamen hieß. Als die Sätze wieder da waren, fragte er die Teufelin: »Wissen Sie, wie meine Frau heißt?«

Die Teufelin zögerte etwas, doch dann trat plötzlich ein weicher Zug in ihr Gesicht: »Sie wissen ihren Vornamen nicht?«

Er schüttelte den Kopf.

»Warten Sie, das kriegen wir heraus.«

Nach wenigen Minuten, mittlerweile hatte er meistens bereits wieder ein Zeitgefühl, kam sie mit seiner Krankenakte zurück. Sie blätterte.

»Susanne«, sagte sie stolz, »sie heißt Susanne Winter.«

Er nickte und versuchte, sich den Namen einzuprägen.

Als die Schwester am nächsten Tag wiederkam, stützte sie ihre Hände in die voluminösen Hüften, legte den Kopf schief und fragte ihn zweifelnd: »Na, wissen Sie es noch? Wie heißt Ihre Frau?«

Ohne zu zögern, nickte er und antwortete: »Susanne.« Susanne klang gut, auch aus seinem Mund. Die Teufelin freute sich wie ein kleines Kind, grinste und strahlte ihn an: »Gut, sehr gut!«

Als sie an diesem Nachmittag kam und sich an sein Bett setzte, sagte er: »Susanne!« Das war das erste Mal, dass er nach all den vielen traurigen Tränen Freudentränen von ihr sah. Und ihre Belohnung waren Küsse.

Von da an erholte er sich Tag für Tag in Riesenschritten. Irgendwann gab er einfach zu, dass er sich an nichts erinnern konnte, an wirklich gar nichts. Wobei er einzelne Kindheitserinnerungen hatte. Er glaubte, sich an seine Mutter zu erinnern. Als er dies Susanne sagte, holte sie die alten Fotos, die ihm bestätigten, dass das Bild in seiner Vorstellung seine Mutter ist. War. Susanne erklärte ihm, dass sie vor sechs Jahren gestorben sei. Er erinnerte sich an einzelne Momente, an Schaukeln, einen Sandkasten, einen Kindergartenfreund. Aber an nichts aus seinem Erwachsenenleben. Susanne zeigte ihm Fotos von ihrer Hochzeit, die siebzehn Jahre her war. Sie war ein bildhübsches junges Mädchen gewesen und er ein dunkler Beau. Er betrachtete sein Bild und fand die eigenen Gesichtszüge immer etwas überheblich. Ihr Blick war auf ihn gerichtet, schräg nach oben, mit einem glücklichen Lächeln. Er blickte stolz in die Kamera.

»Wie war ich so, als Mensch?«, fragte er Susanne zögernd, nachdem er mit ihr viele Fotoalben durchgesehen hatte. Bei jedem Bild hoffte sie auf ein Wiedererkennen, doch er wollte sie nicht anlügen.

Susanne schien ihn nicht zu hören und blätterte weiter.

»Wie war ich als Mensch?«, wiederholte er.

Sie legte ihre Hand auf seinen Arm und ließ sich noch

ein wenig Zeit mit der Antwort. »Als ich dich kennengelernt habe, hast du gerade die Firma deines Vaters übernommen. Du warst immer sehr ehrgeizig und sehr erfolgreich. Die Firma hat dir alles bedeutet. Du wolltest deinem Vater beweisen, dass du es auch kannst – und das hast du auch geschafft. Die Firma ist ein kleines Imperium. Sogar jetzt läuft sie weiter, auch ohne dich, vielleicht nicht ganz so brillant wie letztes Jahr, aber alles läuft stabil und gut.«

Das war ihm gar nicht so wichtig. Aber gut zu hören, dass sie sich wohl keine Sorgen machen musste. »Aber wie war ich als dein Mann?«

Sie blickte ihn an mit Augen, die reinste Liebe verhießen.

»Du warst der begehrenswerteste Junggeselle weit und breit«, sie lachte, als sie dies sagte, »und ich war sehr glücklich, als du mich geheiratet hast.«

»Und«, fragte er vorsichtig, »war ich es wert?«

»Wir sagen euch an den lieben Advent. Sehet, die dritte Kerze brennt«, schallte es aus dem Nebenzimmer.

Plötzlich sprudelte sie wie eine Quelle: »Ja, du bist ein ganz liebenswerter Ehemann! Du warst immer für mich da, auch in den Zeiten, als es mir schlecht ging. Weißt du, wir konnten keine Kinder bekommen und ich war darüber sehr traurig, aber du hast immer an meiner Seite gestanden. Du hast gesagt: *Solange wir uns beide haben, ist das Glück schon vollkommen.* Und wir haben auch viel gemeinsam. Wir gehen gerne ins Theater, wir gehen gerne gut essen. Und wir lieben unseren jährlichen Urlaub in der Toskana.«

Er lehnte sich zurück und war ausgesprochen erleichtert. Er hatte sich vor sich selbst gefürchtet, vor dem überheblichen Blick auf den Fotos, vor dieser leicht arroganten Haltung, vor den immer etwas spöttisch verzogenen Mundwinkeln. Als er diesen Mann auf den Fotos gesehen hatte, hatte er sich vorgestellt, dass er schroff und brutal zu allen war. Und er hatte die Blicke der anderen Frauen auf den Fotos der einen Party gesehen, die ihn immer so herausfordernd anzusehen schienen. Aber das war eben wohl alles nur Einbildung. Er war ein guter Mann, ein guter Ehemann, das erleichterte ihn sehr. Er zog seinen Engel zu sich und küsste sie. »Das hast du auch verdient, und ich verspreche dir, dass, wenn wir das hier durchgestanden haben, ich mich mein Leben lang um dich kümmern werde.«

Ab diesem Zeitpunkt schmiedeten sie Pläne. Ein paar Monate noch Krankenhaus, dann Reha – und dann zurück ins Leben. Susanne hatte ihm vorgeschlagen, die Firma auch weiterhin in den Händen des Geschäftsführers zu belassen, der das gut machte – die Umsätze liefen bestens. Er selbst würde es nicht nötig haben, wieder zu arbeiten. Ihm schien es, als ob man ihm ein Traumleben vor die Füße legte. Er hatte Geld, eine Firma, die auch ohne ihn lief, und diese Traumfrau. Selbst wenn ihm einige Monate seines Lebens fehlten, was machte das schon aus. Sie könnten auch gleich diesen Frühling in ihr Haus in der Toskana ziehen. Da hätten sie mehr Ruhe, und er könnte sich alle Zeit der Welt nehmen, bis er wieder ganz gesund sein würde, schlug Susanne vor.

Irgendwann fragte er auch einmal, warum er überhaupt hier lag.

»Ein Autounfall. Der Porsche. Du bist einfach sehr schnell gefahren. Zu schnell für diese Kurve auf der Landstraße. Und es lag Schnee.«

»Okay, ich fahre nie mehr Porsche«, sagte er leichthin und war überrascht, dass Susanne daraufhin zu weinen begann.

»Was ist, mein Engel?«, fragte er und hob ihr Kinn an.

»Der Porsche war dir mal sehr wichtig«, erklärte sie ihm und fügte leise hinzu: »Manchmal konnte man den Eindruck haben, wichtiger als ich.«

»Das ist ja kompletter Unsinn«, lachte er sie an.

Als sie die Krankenhaustür hinter sich zuzog, lehnte sie sich an die kühle Wand an und schloss für einen Moment die Augen. Beinahe hätte sie ihm etwas gesagt. Aber oh nein, sie würde es nicht tun. Nicht, dass er nicht alleine in dem Porsche gesessen war, sondern mit einer zwanzigjährigen Blondine, einer seiner vielen Eroberungen, die er mit hohen Geschwindigkeiten und anderweitiger Potenz beeindrucken konnte. Nicht, dass sie selbst ihm schon lange nichts mehr bedeutete, vielleicht nie etwas bedeutet hatte. Nicht, dass sie wenige Tage vor dem Unfall die Scheidung eingereicht hatte und er ihr angedroht hatte, sie ohne einen Cent aus der Ehe herausgehen zu lassen, nicht, dass kein einziger Angestellter traurig darüber war, dass er nicht mehr in die Firma zurückkam. Nichts von alldem würde sie ihm sagen. Sie hatte sich nun ihren Traummann erschaffen. Und er folgte dem Bild, das sie kreiert hatte, gerne.

Bald würden sie ein neues Leben in der Toskana beginnen, sie und ihr Traummann. Die bessere Hälfte ihres Lebens hatte jetzt begonnen.

Leise hörte sie aus dem Schwesternzimmer:

»Wir sagen euch an den lieben Advent. Sehet, die vierte Kerze brennt.«

Franziska Henze

KNALLERWOCHENENDE

Ich halte das brennende Streichholz an die dünnen Späne. Eilig frisst sich die orange-rote Flamme hindurch bis zu den Holzscheiten, schlägt plötzlich hoch, und ich schließe die Glastür des Kamins. »Gleich wird es warm.«

»Danke Felix.« Gustav steht neben mir und betrachtet seine eiskalten weißverfärbten Hände. »Tessa nennt das immer meine widerlichen Leichenfinger«, sagt er und seufzt. »Ist es nicht unglaublich, dass meine kleine Schwester in zwei Wochen heiratet? Ich war doch immer der Vernünftige und sie die Wilde mit dem verrückten Humor. Und jetzt hat sie einen Verlobten und einen anständigen Job, während ich es nicht länger als drei Monate mit ein und derselben Frau aushalte.«

»Dafür weißt du, was du nicht willst. Ist immerhin etwas. Und dir wird auch noch ein Job einfallen, mit dem du glücklich wirst.« Ich lasse mich auf das zerschlissene Sofa neben dem Kamin fallen und wische mir mit der Hand den feuchten Film von der Stirn, den der Schnee hinterlassen hat. »Die Fahrt war echt ein Höllenritt, und das auch noch im Dunkeln. Ich habe dir gleich gesagt, dass wir zumindest Schneeketten hätten mitnehmen sollen. Wenn das so weiterschneit, werden wir nicht nur das Adventswochenende, sondern gleich Weihnachten und Neujahr hier verbringen. Aber für diesen Spaß nehme ich das alles gern in Kauf.« Das meine ich ernst. Gustav und ich haben alles perfekt vorbereitet. Dieses Wochenende in den Bergen wird der Knaller. »Aber zuerst brauche ich was zwischen die Zähne, es ist ja schon halb acht.«

Die zwei Dosen Gulaschsuppe, die wir im Küchenschrank finden, sind vor Monaten abgelaufen, doch das ist egal. Rotwein und Obstler dazu desinfizieren alles. Und morgen gibt es das feine Essen, das noch in unseren Taschen steckt.

Während wir am Couchtisch die Suppe löffeln, lasse ich den Raum auf mich wirken. In all den Jahren hat sich die Jagdhütte von Gustavs Familie kein bisschen verändert. Die holzvertäfelten Decken, der muffig-feuchte Geruch der Polstermöbel, die Jagdgewehre, Messer und Armbrust griffbereit an der Wand gleich neben dem Kruzifix, falls sich zufällig ein einzelnes Wildschwein oder gar eine ganze Rotte zu uns verirrt. Selbst die Wassersituation – eimerweise müssen wir das Wasser aus dem Brunnen am Ende des Grundstücks schöpfen – ist noch dieselbe, obwohl Geld in dieser Familie nicht das Problem ist.

Im nächsten Moment wird die Hüttentür aufgestoßen. Eisiger Wind fegt feine Schneeflocken hinein. Die dunkelblaue Flanelljacke des Mannes, der polternd eintritt, ist mit einer dünnen weißen Schicht überzogen.

Benno.

Er ist uns tatsächlich gefolgt, so wie wir es vermutet hatten. Eine innere Aufregung nimmt von mir Besitz. Mögen die Spiele beginnen!

Krachend fällt die Tür ins Schloss. Die Wut über unseren Verrat zeichnet tiefe Furchen auf seine Stirn. »Dachtet ihr, ich bekomme nicht mit, was ihr hinter meinem Rücken abzieht?«, poltert er los.

»Benno, mein Freund!« Gustav prostet ihm zu. »Wir sind ganz spontan hergefahren, aus einer Laune heraus.« Gustavs Grinsen ist breit. Er war schon immer besser als ich darin, den Unschuldigen zu geben.

»Ihr beide habt also so viel zu tun, dass unser Männerwochenende nicht stattfinden kann?« Benno knöpft seine Jacke auf und wirft sie neben mich auf die Couch. Dann beugt er sich vor, greift zum Obstler und nimmt einen Schluck direkt aus der Flasche. »Um mich zu verarschen, müsst ihr früher aufstehen. Seit elf Jahren fahren wir am dritten Adventswochenende hierher. Felix«, er tippt mir auf die Brust, »wir waren sogar hier, als dein Vater im OP lag und seinen Herzschrittmacher bekommen hat. Da kauf ich euch doch so eine faule Ausrede nicht ab.« Mit spitzen Fingern fummelt er eine Packung Marlboro aus der Jackentasche, zündet sich eine Zigarette an und dreht sich zu Gustav. »Bist du nicht mehr mein Freund, weil ich auf der Arbeit besser performt habe? Tut es sehr weh, dass dein Papi mir in der Firma mehr zutraut als dir?« Jedes Wort ein spitzer Pfeil.

Benno ist ein Meister darin, andere zur Weißglut zu treiben. Früher fand ich sein arrogantes Gehabe unterhaltsam, genauso wie die fiesen Scherze. Ich habe gelacht, als er vor ein paar Jahren meine Kleidung nach dem Duschen im Fitnessstudio versteckte, sodass ich nur mit einem Handtuch bekleidet den Heimweg antreten musste. Selbst das Nacktbild einer Blondine auf Gustavs Handy, so platziert, damit dessen damalige Freundin es entdeckte und Schluss machte, fanden wir im Nachhinein lustig. Was haben wir drei bei dem darauffolgenden Männerwochenende darüber gelacht! Aber die Witze waren nie auf Bennos Kosten gegangen. Es ist an der Zeit, dass sich das ändert.

»Und du?«, Benno lehnt sich zu mir, »immer noch beleidigt, dass Tessa sich für mich entschieden hat? Sie braucht halt einen Mann, der es ihr richtig besorgen kann.«

Meine Rechte verkrampft sich zur Faust. Tessa. Allein, wie er ihren Namen ausspricht, versetzt mir einen Stich. Ich habe einige Partnerinnen gehabt, aber Tessa, Gustavs Schwester, ist meine persönliche Achillesferse. Seit ich denken kann, will ich nur sie, doch zu mehr als einem betrunkenen Kuss ist es nie gekommen. Jetzt muss ich damit leben, dass sie und Benno heiraten.

Benno sieht auf meine Faust und Spott blitzt in seinen Augen. »Willst du mir eine reinhauen? Komm schon, mach doch! Aber sei dir sicher: Unser Angsthase Gustav hilft dir bestimmt nicht«, sagt er.

Es versetzt mir eine gewisse Genugtuung, dass es Benno tatsächlich verletzt, dass wir ohne ihn in die Berge gefahren sind. Er ist kein schlechter Kerl, vielleicht ist er auch noch immer mein Kumpel, das weiß ich nicht genau. Aber er muss lernen, dass man so mit Freunden nicht umgeht. Da kommt dieser Denkzettel genau richtig.

»Hat dein Vater dir schon gesagt, dass er mich zum Prokuristen machen will? Irgendwann werde ich die Firma ganz übernehmen«, teilt Bruno nun weiter gegen Gustav aus.

»Das muss ich mir nicht geben«, kontert Gustav, nickt mir zu, springt auf, reißt seine Jacke vom Haken und verschwindet ohne ein weiteres Wort aus dem Haus in die Dunkelheit.

Benno saugt an seiner Zigarette, die bis auf einen winzigen Stummel heruntergebrannt ist. »Gustav ist eine Mimose«, grummelt er, »der ist in weniger als fünf Minuten zurück. Worum wetten wir?« Benno beugt sich vor, greift nach Gustavs Löffel, der auf dem leeren Suppenteller liegt, und zieht den Topf mit der restlichen Suppe zu sich ran. »Drei Stunden habe ich hierher gebraucht. Mein Porsche ist für solche Strecken überhaupt nicht gemacht.«

Ich könnte jetzt die Wogen glätten. Könnte Benno erklären, weshalb wir ohne ihn auf die Hütte gefahren sind, sogar, weshalb es irgendwie okay ist, dass er den besseren Job hat als Gustav. Aber erst soll Benno noch ein wenig leiden. Denn das ist nichts gegen den Schmerz, den ich verspüre, weil er Tessa bekommt.

Auch wenn die Flammen weiterhin gierig an der Glasscheibe züngeln, lege ich Holz nach. Auf Bennos weiteren Versuch, mir zu erzählen, was für Schwachköpfe Gustav und ich seien, reagiere ich nicht. Stattdessen nehme ich den *Hemmingway* aus der Tasche und setzte mich wieder an den Kamin. In regelmäßigen Abständen nicke ich bedächtig, atme und blättere um. Lesen tue ich nicht, dafür bin ich zu aufgewühlt. Schließlich lege ich das Buch zur Seite und blicke auf meine Armbanduhr. »Schon halb zehn. Gustav ist fast eine Stunde weg.« Ich stoße Benno mit dem Fuß an. »Es ist deine Schuld, dass er rausgerannt ist. Was gehst du ihn auch so an.«

»Ich ...« beginnt Benno, »ihr habt doch ...«, dann steht er auf, zieht seine Jacke über und geht zur Tür. »Wir müssen ihn suchen. Los jetzt, der Idiot erfriert uns sonst noch.«

Ich greife die Taschenlampe von der Ablage neben dem Eingang und gemeinsam stolpern wir durch den mittlerweile kniehohen Schnee in die Dunkelheit hinein bis zu den Autos. »Du hast uns eingeparkt. Du musst fahren.«

Eilig wischen wir den Schnee von Bennos Windschutzscheibe, dann reiße ich die Beifahrertür auf und falle auf den kalten Ledersitz. Sekunden später lässt Benno den Motor aufheulen. Die Reifen drohen durchzudrehen. Mit einem Ruck löst sich der Porsche schließlich aus seiner Starre.

»In welche Richtung?«, stößt Benno hervor, als er den Wagen rückwärts aus der Einfahrt lenkt.

»Richtung Mittelstation«, antworte ich, »Gustav wird versucht haben, ins Tal zu kommen, denke ich.«

»Hoffentlich ist der nicht verletzt. Wenn der irgendwo liegt, erfriert der ... So eine Scheiße!« Benno schlägt mit der flachen Hand aufs Lenkrad. »Was ist Gustav auch so empfindlich.«

Im dürftigen Licht der Innenbeleuchtung sehe ich Bennos Augen unkontrolliert zucken. Benno, der immer alles witzig findet, hat Angst.

Schlingernd rollt der Wagen nun voran, als müsse er sich erst mit dem Untergrund vertraut machen. Jetzt gibt Benno Gas. Die unberührte Schneedecke auf dem Waldweg vor uns gleicht im Licht der Scheinwerfer einem endlosen glitzernden Teppich.

Plötzlich ein Schatten am Wegesrand neben einer Fichte. Dann ein dumpfes Geräusch, ein Wackeln, ein Rumpeln. Benno steigt auf die Bremse, der Wagen bricht aus, kommt erst nach mehreren Metern schräg auf dem verschneiten Waldweg zum Stehen.

»Was war das? Ein Reh oder ...?« Bennos Stimme bebt fast so sehr wie seine Oberlippe.

»Ich gehe nachsehen.« Ich löse meinen Gurt und steige aus.

Auch Benno öffnet die Fahrertür, aber er bleibt sitzen. »Ich ... ich kann das nicht.« Nackte Panik in seinem Blick. Mit zitternden Fingern schaltet er den Motor aus.

Ich gehe um den Wagen herum, knie mich neben die Hinterreifen und beuge mich unters Auto, leuchte mit der Taschenlampe. Das Bild, das sich mir bietet, sieht fürchterlich aus. Der Körper liegt auf der Seite. Langsam lasse ich den Lichtkegel über das schneeverklebte Gesicht gleiten, greife nach der behandschuhten Hand, drücke sie kurz. Dann erhebe ich mich wieder.

Als ich Sekunden später mit klopfendem Herzen zu Benno an die Fahrertür trete, kauert dieser hinterm Lenkrad.

»Scheiße Mann«, raune ich ihm zu.

»Sieht das Auto sehr schlimm aus?«

»Du hast ihn voll erwischt.«

»Was?«

»Gustav. Du hast Gustav überfahren. Er ist tot.«

»Oh mein Gott, nein«, sagt Benno nach sekundenlangem Schweigen. »Ich habe ihn nicht gesehen. Wo kam er denn auf einmal her?« Glänzende Tränen rinnen über Bennos Wangen. »Du musst dich täuschen. Bestimmt lebt er noch. Wir müssen ihn ins Krankenhaus bringen, schnell.« Benno atmet tief durch und steigt aus.

»Das hat keinen Sinn, glaub mir.« Ich packe ihn am Arm. Mit der anderen Hand leuchte ich uns den Weg Richtung Hütte. »Bitte sieh nicht hin.«

Doch der Lichtschein meiner Taschenlampe verfängt

sich genau in diesem Moment in Gustavs Beinpaar, das seltsam verdreht zwischen den Reifen des Porsches hervorlugt. Benno fängt an zu würgen, macht sich von mir los und übergibt sich in den Schnee. »Wir müssen ihn da rausziehen.«

»Morgen früh.« Ich zerre ihn weiter. »Jetzt ist es zu dunkel. Wenn wir hier draußen stehenbleiben, holen wir beide uns auch den Tod. Glaub mir, wir können nichts mehr für ihn tun.«

»Und mein Auto?«

»Auch darum kümmern wir uns morgen.«

Schweigend lässt sich Benno zurück zur Hütte führen, wo er zitternd auf die Couch sackt. »Ich hätte ihn nicht so reizen dürfen«, sagt er monoton, greift zur Obstler-Flasche, schraubt den Deckel ab und trinkt.

Wenn ich recht überlege, ist es das erste Mal, dass Benno so etwas wie Reue zeigt. Dass er Gustav in der Firma ausgebootet hat, war ihm völlig egal. Auch dass ich seit Jahren in Tessa verliebt bin. Der Mann, der im Job und in der Liebe über Leichen geht, ist jetzt ein kleines Häufchen Elend. Ich lege ihm eine Hand auf die Schulter.

»Wenn der Chef erfährt, dass ich seinen Sohn totgefahren habe, verliere ich meinen Job«, jammert Benno in meine Gedanken hinein.

»Was?«, frage ich entgeistert und ziehe die Hand zurück.

»Tessa und ihr Vater«, fährt Benno fort, »werden mir nie verzeihen, dass ich Gustav auf dem Gewissen habe. Mein Leben ist hinüber.«

Die Erkenntnis schmeckt bitter. Benno sorgt sich nicht um Tessa, nicht um seinen Bald-Schwiegervater. Benno sorgt sich nur um Benno. Was für ein Kotzbrocken.

»Jetzt hör mir mal zu«, sagt ich.

»Nein, du hörst mir zu«, Benno springt auf, reißt die Armbrust von der Wand und legt damit auf mich an. »Niemand hat einen blassen Schimmer, dass ich mit euch hier oben bin. Ich habe sogar schwarz auf weiß, dass ihr mir für dieses Wochenende abgesagt habt. Tessa ist mit ihrer Freundin auf einem Wellnesswochenende und denkt, ich spanne auf dem Sofa aus.« Sein triumphierendes Feixen legt seine spitzen Eckzähne frei.

»Alter, jetzt mal ganz ruhig, das Ganze ...«, setze ich an. Benno lässt mich nicht zu Wort kommen. »Es ist wirklich tragisch, dass Gustav dir vors Auto gelaufen ist, mein lieber Felix. Denn so wird es morgen früh aussehen, wenn ich umgeparkt habe. Es wird für alle nachvollziehbar sein, dass du den Verlust deines besten Freundes nicht ausgehalten und deinem traurigen Leben selbst ein Ende gesetzt hast.«

»Benno! Mach jetzt keinen Scheiß.« Ich trete einen Schritt zurück, stehe nun in der Ecke hinter dem Sofa. »Es ist alles ganz anders, als du denkst. Lass es mich doch erklären.«

Der Schuss aus der Armbrust ist ein einziger, hart geknallter Ton. Ich spüre keinen Schmerz, nur ein kurzes Ziehen am Hals. Ungläubig fahre ich dort mit erstaunten Fingern entlang, spüre das Ende des Bolzens neben meinem Kehlkopf stecken. Ich will etwas sagen, doch kein Laut kommt heraus. Stattdessen rutsche ich zu Boden, bleibe liegen, plötzlich unfähig, mich zu bewegen. Meine Augen starren unter dem Sofa hindurch. Ich höre Schritte. Das Stampfen von Stiefeln, die den Schnee abtreten.

»Wer ist da?«, ruft Benno und ich sehe, wie er die Armbrust an die Wand lehnt.

Als Nächstes wird die Tür aufgestoßen.

»Überraschung«, rufen eine Frau und ein Mann unisono.

»Na, haben wir dich gut reingelegt, mein Schatz?« Das ist Tessas Stimme. Wie verabredet sind sie und Gustav eine halbe Stunde nach dem vermeintlichen Unfall hier. »Hat der Meister der üblen Scherze endlich selbst mal Blut und Wasser geschwitzt? Nachdem du meinen Junggesellinnenabend als verkleideter Stripper gesprengt hast, musste ich mir doch auch etwas einfallen lassen. Gustav und Felix waren gleich Feuer und Flamme, als ich ihnen vorschlug, dir eine kleine Lektion zu erteilen, bevor wir vor den Traualtar treten.« Sie gluckst.

»Wie fandst du meine Beine unter dem Auto? War ich eine gute Leiche?« Gustavs Lachen klingt sonor. Meine wirren Gedanken holen das Gespräch von unserer Autofahrt hervor. »Pass auf, der Plan ist Folgender«, hatte Gustav gesagt, »wir legen eine Attrappe auf die Straße, die Benno überfährt. Und dann, während er aussteigt, krieche ich schnell unters Auto. Das wird ein Spaß! Wir lassen ihn in dem Glauben, er habe mich totgefahren, bis Tessa kommt und die Charade aufklärt. In dem Zusammenhang kann ich ihm dann auch unter die Nase reiben, dass er den Job bei meinem Vater nur bekommt, weil ich abgelehnt habe.«

»Die Beine unter dem Auto« wiederholt Benno nun und holt mich damit in Realität zurück, »sahen täuschend echt aus. Deine Darbietung war eine Glanzleistung! Darauf müssen wir anstoßen.«

In meinem Mund sammelt sich ein metallischer Geschmack. Helft mir, will ich schreien. Stattdessen spüre ich nichts außer eisiger Müdigkeit in den Gliedern.

»Wo ist eigentlich Felix?«, dringt dumpf Gustavs Stimme an mein Ohr.

»Felix? Der ist gerade raus. Er wollte den Champagner holen, den ich im Kofferraum des Porsche habe. Ich hatte mir schon gedacht, dass wir hier eine Gelegenheit zum Anstoßen haben werden«, sagt Benno. »Könnt ihr nach ihm sehen? Er ist vom Obstler ziemlich betrunken und ich habe Angst, dass er sich verläuft. Ich hole währenddessen mehr Feuerholz aus dem Schuppen.«

Wie durch dumpfen Nebel nehme wahr, wie Gustav und Tessa verschwinden und Benno wieder nach der Armbrust greift. Plötzlich packt er mein Fußgelenk. Hart schrappt meine Wange über den Holzfußboden, als er mich zur Hintertür hinaus schleift, durch den Schnee zerrt und schließlich hinter dem Holzschuppen ablegt.

»Wer hätte gedacht, dass dir meine Hochzeit mit Tessa so viel ausmacht«, sagt Benno und klemmt die Armbrust unter meinen schlaffen Arm, »dass du dich gleich umbringst?«

Seine im Schnee knatschenden Schritte sind das Letzte, was ich höre.

Gisa Kloenne

STERN

Ich fahre. Ich fahre tatsächlich. Raus aus Berlin, nach Norden. Der Himmel ist höher hier und die Autobahn leerer. Dezembernachthimmel. Ich weiß, wenn ich anhalten würde und aussteigen, könnte ich die Sterne sehen. Mehr Sterne als in der Stadt, deutlicher, heller, auch wenn einige von ihnen längst erloschen sind. Noch fünf Tage bis Weihnachten. Ich gebe Gas, schalte das Radio ein, versuche nicht daran zu denken, dass Horst womöglich gar nicht mehr im Gefängnis sitzt. Wahrscheinlich komme ich zu spät. Wieder mal.

Die Nachricht hat mich auf Umwegen erreicht. Horst wird entlassen, vorzeitig, wegen guter Führung.

Weihnachten. Seit Helenes Tod bin ich nicht mehr in dieses winzige Dorf gefahren, in dem sie nach unserem Studium doch wieder gelebt hat. Dabei hatten wir uns geschworen, dies niemals zu tun, zu dicht liegen Rückkehr und Niederlage beieinander.

Doch zunächst sah es anders aus. Anfangs habe ich Helene sogar ein wenig zu beneidet. Um ihren Ehemann, Horst. Und mehr noch um das Gehöft, das ihre Eltern ihr vermacht hatten. Horst hatte Geld. Der Stall, in dem

Helenes Vater bis zu seinem Tod ein paar Schweine und Hühner gehalten hatte, wurde zu Helenes Atelier. Der weitläufige Garten zum Skulpturenpark. Zwei Räume im Erdgeschoss des Gehöfts zur Galerie. Horst fördere ihre Arbeit als Künstlerin, sagte Helene, und tatsächlich war sie in der ersten Zeit so produktiv wie nie. Sie glaube an mich, tröstete sie mich ein ums andere Mal. Und so träumte auch ich unseren Kindheitstraum weiter. Kunst. Kreativität. Wir beide zusammen. Ich war immer glücklich in Helenes Haus, zusammen mit ihr. Und überzeugt, dass auch sie glücklich war. Als ich begriff, dass etwas nicht stimmte, war es schon zu spät.

Ich verlasse die Autobahn, stoppe an einem Gasthof und kaufe mir einen Becher Kaffee, den ich auf dem Parkplatz trinke. Nie sind die Nächte länger als in der Zeit vor Weihnachten, und seit Helenes Tod bringen sie unweigerlich die Erinnerungen zurück. Erinnerungen und Gedanken an Schuld. Meine Schuld, die ich einfach nicht loswerden kann. Diese Stille, als ich Helenes Haus zum letzten Mal betrat, weil sie sich nicht mehr bei mir meldete. Diese unglaubliche Stille in dem Haus und der Geruch von Putzmitteln. Beißend. Klinisch. Alles andere übertünchend.

Es kann sein, dass ein Leben von einem Tag auf den anderen zerbricht. Es kann sein, dass das einfach passiert. Nicht alles ist so, wie es scheint. Selbst der Stern von Bethlehem bestand nicht aus einem Stern, sondern aus zweien. Astronomen haben das errechnet, vor zweitausend Jahren schon. Der Stern von Bethlehem war in Wirklichkeit nur der Widerschein einer Planetenkonjunktion. Saturn und Jupiter passierten einander auf ihren Umlaufbahnen so nah, dass sie von der Erde aus eine Zeitlang wirkten wie ein einziger Stern.

Später haben die Kriminalbeamten die Blutspuren gefunden. Viel Blut, wie sie akribisch protokolliert haben. Helenes Blut. Im Schlafzimmer und im Bad. Auf dem Boden, im Bett, an den Wänden. Ich war es nicht, hat Horst vor Gericht gesagt, ich war auf Dienstreise, ich habe sie geliebt, verdammt noch mal; und zu mir, nach meiner Zeugenaussage: Das wirst du bereuen, Wanda. Das wird dir noch leidtun. Das schwöre ich dir.

Der Bodensatz des Kaffees schmeckt bitter, ich kippe ihn weg, werfe den Styroporbecher in einen Abfalleimer und fahre weiter. Wann genau kommt Horst frei, was wird er dann tun, mich ebenfalls töten?

Am Eingang des Gasthofs schaukelt ein Herrnhuter Stern im Wind, dasselbe Modell hängte auch Helene zu Beginn der Adventszeit über ihre Tür. Fünfundzwanzig Zacken, die an Fang-den-Hut-Figürchen gemahnten, siebzehn große und acht kleine. Im Inneren leuchtete eine Glühbirne.

Ich starre ihn an, diesen Stern vor dem Gasthof. Ich hätte im Gefängnis anrufen und nach Horsts Entlassung fragen sollen, wird mir klar. Ich hätte schon vor Jahren zu Helenes Haus fahren sollen, um mir den Stern zu holen. Nicht den Herrnhuter Stern, sondern den von uns mit Goldornamenten bemalten. Eines von zwei Unikaten, die wir während unseres Praktikums in den Werkstätten der Herrnhuter Manufaktur in Sachsen angefertigt hatten. Noch zu DDR-Zeiten, als die Herrnhuter Sterne nicht überall in sämtlichen Größen und Farben hingen wie heute, sondern fast ausschließlich in evangelischen Kirchen und Pfarrhäusern.

Als Trost und Hoffnung für einsame Kinder waren diese Leuchtsterne einstmals gedacht. Wir hängen unsere

Sterne immer zu Weihnachten auf, Wanda, hat Helene zu mir gesagt. Jede den ihren, in ihrer Wohnung. Ein Symbol unserer Freundschaft.

Jedes Jahr wieder, solange wir leben.

Der Nachthimmel über mir spannt sich weit, als ich das Dorf erreiche, das noch genauso wie früher wirkt: windschief und abweisend, ein beliebiges mecklenburgisches Dorf. Neben dem Ortseingang schimmert der Löschteich, ein paar Katen ducken sich entlang einer Straße mit Schlaglöchern. Der Konsumladen ist verfallen, die Schule geschlossen. Weder der Aufschwung noch die Touristen kamen jemals hierher.

Horst wird in das Haus zurückkehren, bald, sobald er kann. Ich weiß, dass es so ist, kann es förmlich spüren. Er hat ja sonst nichts mehr, keinen Ort, keinen Freund.

Ich parke am Friedhof und steige aus. Helenes Haus liegt zwei Kilometer außerhalb, jenseits der Viehweiden hinter dem Friedhof. Ich klettere auf die Feldsteinmauer und spähe hinüber. Kein Licht ist zu sehen, nichts regt sich dort.

Ich will nur den Stern, sage ich mir. Dieses Pfand unserer Freundschaft, eine letzte greifbare Erinnerung, die ich neben meinen eigenen Stern hängen kann. Ich will nur den Stern, ich brauche nicht lang, ich weiß ja, wo Helene ihn verwahrt. Und Horst ist nicht hier. Vielleicht haben sie ihn ja noch gar nicht entlassen.

Ich zwinge mich vorwärts, laufe auf die Backsteinkirche zu. Auch über ihrem Portal hängt ein Herrnhuter Stern, und ein Chor hebt an. Mitten in diesem leeren Land, das so wirkt, als sei es in seiner Vergangenheit erfroren, singen sie.

Meine Schuld – wie oft habe ich diese zwei Worte in den letzten fünf Jahren gedacht? Ich hätte bemerken müssen, dass Helene mit Horst nicht mehr glücklich war. Ich hätte mich nicht abweisen lassen dürfen in jenen Tagen vor Weihnachten. Ich hätte nicht so stolz sein sollen. So stolz. So zornig. So egoistisch. So neidisch. Dann würde Helene noch leben.

Ich umrunde die Kirche und trete an das Grab, das ich nur ein einziges Mal gesehen habe. Damals, als sie die Suche nach Helene aufgegeben hatten. Als der Prozess vorüber war, ohne dass Horst preisgab, was er mit ihrem toten Körper getan hatte. Als sie einen leeren Sarg in der Erde versenkten und behaupteten, dass das den Abschied erleichtere.

Der Grabstein ist schlicht, unbehauener Granit. Helene Flemming. Gestorben am 19. Dezember. Ich knie nieder, kann auch diesmal nicht weinen. Sterne stehen am Himmel, reichen fast bis auf die Erde, vielleicht sind sie ein winziges bisschen heller dort über Helenes Gehöft.

Ich gehe zu Fuß durch die schwarzen Wiesen, denn falls Horst doch in Helenes Haus ist, darf er mich nicht sehen. Ist er schon hier, erwartet er mich? Nichts deutet darauf hin. Die Fenster von Helenes Haus und Scheune sind schwarz wie die Wiesen. Die Stille wirkt so, als sei sie schon lange nicht mehr von Menschen gebrochen worden. Doch was weiß ich schon davon, wie kann ich mir noch trauen? Ich lehne mich an den borkigen Stamm einer Linde und versuche mein Zittern zu kontrollieren. Horst ist nicht hier, beschwöre ich mich. Er ist nicht hier. Du kannst den Ersatzschlüssel holen, du weißt, wo er ist. Du kannst in das Haus gehen, den Stern nehmen und wieder verschwinden. Jetzt. Sofort.

Der Stern leuchtete nicht. Das war das Erste, was mir damals auffiel. Der gelbe Stern über der Eingangstür, den Helene in den dunklen Dezembertagen auch tagsüber brennen ließ, um mögliche Gäste zu begrüßen und um sich geborgen zu fühlen. Der Stern leuchtete nicht, und alles war still. Genauso wie jetzt.

Ich schleiche ums Haus und schließlich zur Scheune. Niemand ist hier, niemand, nichts, auch nicht Helenes wahres Grab. Die Polizei hat Haus und Grundstück mehrfach durchsucht. In den Blumenkästen trocknet Unkraut, niemand hat die zerstörten Skulpturen beiseite geräumt, bestimmt liegen drinnen auch noch die zerschnittenen Bilder. Ich taste die Wand ab, fühle die Vertiefung unter dem Fenster. Der fünfte Ziegel ist immer noch lose und der Ersatzschlüssel klemmt genau so dahinter, wie ich ihn dort hinterlassen hatte, taumelnd vor Übelkeit, den Gestank des Putzmittels noch immer in der Nase.

Sie hätten gestritten im letzten Jahr, sagte die Frau vom Nachbarhof vor Gericht, die manchmal nachts mit dem Hund noch eine Runde über die Wiesen drehte. Sie hätten geschrien. Nein, nicht sie, er. Horst. Einmal hätte die Nachbarin beinahe die Polizei alarmiert, weil sie Horst im Fenster stehen sah und er hatte ein Messer in der Hand. Aber dann, gerade, als sie ihr Handy schon zückte, habe sie auch Helene entdeckt. Und Helene habe unversehrt ausgesehen, keineswegs verängstigt, nein, überhaupt nicht, und dann hätte Horst sie ja auch umarmt.

Der Schlüssel brennt kalt in meiner Hand, fast so, als hätte ich ihn aus einem Eisfach gehoben. Alles wiederholt sich, die Zeit verwischt. Ich drücke auf die Türklingel, sie gellt viel zu laut. Genauso wie damals, als ich mit gepackter Tasche hier stand und mich wunderte, warum das Haus so dunkel war, warum nicht einmal der Stern leuchtete, wenn Helene mich doch erwartete und ihr Auto in der Garage parkte. Ich wollte die Weihnachtsferien bei ihr verbringen, sie hatte mich eingeladen, nachdem ich ihr gestanden hatte, wie mies es mir ging, wie erschöpft ich war von dem ewigen Existenzkampf in Berlin.

Erschöpft. Müde. Bankrott.

Hätte ich wissen können, bemerken müssen, wie es um Helene tatsächlich stand? Ja, denke ich heute, natürlich, ja. Blasser erschien sie mir in diesem letzten Jahr, nicht mehr so strahlend, sondern in sich gekehrt und abwesend. Und sie war viel allein. Horst blieb oft tagelang in seinem Stadt-Apartment, es lief wohl auch nicht mehr so gut in seiner Firma. Und auch Helenes Bilder und Skulpturen verkauften sich nur schlecht. Es kamen ja keine Käufer hierher, keine Touristen, keine Galeristen, schon gar nicht im Winter.

Jetzt, im Rückblick, sehe ich das alles ganz klar. Damals jedoch war ich gefangen in meinen eigenen Sorgen und davon überzeugt, dass Helene trotzdem noch die Glücklichere von uns war, die Stärkere, Begabtere, Schönere. So war es schließlich immer gewesen.

Ich stecke fest, hat sie einmal im November am Telefon gesagt, ganz leise. Ich stecke fest, ich drehe mich im Kreis und das ist der Tod einer Künstlerin. Ja, habe ich geantwortet, ja, das kenne ich gut. Wir finden einen Weg, zusammen schaffen wir das. Ja, vielleicht, hat sie daraufhin gesagt. Und da ist noch etwas anderes, das ich dir erzählen muss.

Meine Schuld, dass ich nicht gleich fragte, was? Meine Schuld, dass ich so blind gewesen bin. Dass ich den Schlüssel, der jetzt eisig in meiner Hand liegt, nicht gleich benutzt habe, als ich an jenem Dezembertag mit meiner Reisetasche vor verschlossener Türe stand. Statt besorgt zu sein, wurde ich wütend, als Helene nicht öffnete. Dabei hatte sie mich doch eingeladen, und während ich klingelte und immer wieder klingelte, bemerkte ich eine Bewegung hinter der Schlafzimmergardine. Und war schon im nächsten Moment nicht mehr sicher. Verstand erst im Nachhinein, was sie bedeutete.

Ich hätte den Ersatzschlüssel benutzen können, genauso wie jetzt. Seien Sie doch froh, hat einer der Kripoleute später zu mir gesagt. Wer weiß, was passiert wäre, wenn Sie dem Täter im Haus begegnet wären. Vielleicht hätte er Sie dann ebenfalls umgebracht.

Der Schlüssel gleitet ohne Widerstand ins Schloss, lässt sich drehen, und die Tür schwingt auf, ohne das kleinste Geräusch, als sei sie frisch geölt. Horst, denke ich, Horst. Ich bin wieder zu spät. Doch vielleicht ist es nur meine Angst, die mir das einflüstert, denn das Haus ist ganz still, nimmt mich in sich auf. Schritt für Schritt, als habe das Haus mich gerufen. Das Haus oder Helene, was weiß ich schon.

Ein Schritt. Noch einer. Die antike Kommode, der Spiegel, die Garderobe. Ich taste mich vorwärts, ich brauche kein Licht, ich kenne den Weg. Ich nehme den Stern und gehe gleich wieder, rede ich mir zu. Ich will nur den Stern. Dann wird alles gut.

Stunden hat es gedauert, bis ich an jenem Tag vor fünf Jahren begann, mich um Helene zu sorgen. Kostbare Stunden, die Horst in die Hände spielten. Erst als die Nacht schon hereinbrach, erstarb meine Wut, und ich begann zu begreifen, dass etwas unwiederbringlich zerstört worden war. Dass es nur einen Grund geben konnte, warum Helene mich versetzte und keinen meiner Anrufe beantwortete. Nur einen einzigen, grausamen Grund. Ich habe Helene misstraut, anstatt sie zu retten. Ich kam zu spät. Von allem ist dies wahrscheinlich meine schwerste Schuld.

Staub in der Luft, vielleicht ein Hauch des Zitronenreinigers, den Helene im Badezimmer benutzte. Die Holzdielen knarren unter meinen Füßen, das Haus ist erwacht und begrüßt mich, als habe es auf mich gewartet. Reiß dich zusammen, beschwöre ich mich. Damals ist nicht heute. Das Haus ist kein Lebewesen. Horst ist nicht hier. Helene ist tot.

Sie hat das Messer geholt, ich habe es ihr nur weggenommen, hat Horst vor Gericht geschrien. Helene steckte in einer Krise, sie war depressiv, sie wollte ihre eigenen Bilder zerstören, und ich, ich wollte sie daran hindern, hindern wollte ich sie, verdammt noch mal, ich habe sie nicht geschlagen, ich habe sie nicht getötet, ich habe sie geliebt.

Hier auf diesem Sofa hat Helene immer gesessen, wenn wir miteinander sprachen. Hier aus diesem Fenster hat sie hinüber zur Kirche geblickt, die jetzt so dunkel ist wie der Himmel, als sei auch sie im Begriff, ins Unerreichbare zu verschwinden.

Horst muss sie im Schlafzimmer getötet haben, in ihrem Bett, haben die Kriminaltechniker gesagt. Vielleicht hat sie es noch selbst geschafft, sich ins Badezimmer zu schleppen, vielleicht hat er sie auch dorthin getragen. Und dann muss er sie weggefahren haben, irgendwo in den

Wald, oder er hat sie in einem der unzähligen Mecklenburgischen Seen versenkt, in ihrem eigenen Wagen. Den immerhin haben Hobbytaucher im nächsten Sommer gefunden. Leer. Aber nirgendwo fand sich eine Spur von Helene.

Ich hatte bereits am Nachmittag geklingelt, ich war ja mit Helene verabredet. Das habe ich ausgesagt. Horst war am Schlafzimmerfenster, als ich klingelte. Aber er mochte mich nicht besonders, er war immer ein wenig eifersüchtig auf meine Nähe zu Helene, und er hat mir nicht geöffnet. Also habe ich gedacht, Helene gehe spazieren, vielleicht finde ich sie ja unterwegs. Sie konnte ja nicht weit sein, ihr Auto stand in der Garage. Ich bin dann eine Weile herumgefahren und als ich wiederkam, war Helenes Haus immer noch dunkel. Aber ihr Auto war fort, und es roch nach Putzmitteln, viel stärker als sonst. Da wusste ich, dass ein Unglück geschehen war.

Hier ist Helenes Schrank, da unten rechts die Schublade, wo sie den Weihnachtsschmuck verwahrte. Ich halte den Atem an, knie mich hin. Ich bin nicht zu spät, der Stern ist noch da, Horst hat ihn nicht zerstört, die Hütchen sind sorgsam ineinandergesteckt, siebzehn große und acht kleine müssen es sein. Ganz vorsichtig ziehe ich sie auseinander und zähle sie durch, tastend, mit wild klopfendem Herzen. Fühle die Goldornamente wie feine Reliefs, rieche den Duft von Zimt und Orange. Ich werde nach Hause fahren und Helenes Stern zusammensetzen, ich werde ihn in mein Fenster hängen, neben meinen eigenen. Zwei Sterne, die zusammengehören, auch wenn sie nicht auf ein göttliches Wunder verweisen.

Ein Papier löst sich aus einem der Zacken, zart, streift meine Hand, ich fühle es mehr, als dass ich es sehe. Wo ist es hin? Ich muss es haben, nichts von Helenes Stern will ich wieder hergeben, jetzt, da ich ihn endlich in den Händen halte. Ich taste nach meiner Taschenlampe, leuchte über den Boden.

Ein Brief, kein Papier. Ein Brief an mich, der alles für immer verändert, mir den Boden wegzieht und mich gleichgültig gegen die Autoscheinwerfer werden lässt, die jetzt aus den dunklen Wiesen auftauchen und auf das Haus zugleiten. Zwei grelle Sterne, die sich niemals berühren.

»Liebe Wanda, es war alles zu eng, ich musste weg, neu anfangen, allein, ganz woanders. Das Kind ist meine letzte Hoffnung gewesen. Ich wollte dir davon erzählen, wenn du kommst, ich wollte dir sagen, wie sehr es alles verändert. Mein Leben. Die Kunst. Aber ich glaube, du hättest das gar nicht verstanden, du hättest dich nur bedroht gefühlt von dem Kind, genauso wie von Horst. Und dann fing ich plötzlich an zu bluten, und es war so viel Blut ... ich habe das Kind verloren. Ich hab dich gesehen, als du vor dem Haus standest. Aber ich konnte dir nicht mehr öffnen, es ging einfach nicht. Such nicht nach mir, aber denk an mich, wenn du den Stern aufhängst. Und sei gut zu Horst. Er wusste nicht, dass ich schwanger war, ich wollte ihn Weihnachten damit überraschen, denn vielleicht hätte das Kind doch noch etwas zum Guten mit uns gewendet ...«

Ich nehme den Stern. Ich nehme den Brief. Ich öffne die Haustür und sehe dem Auto entgegen. Auch das ist natürlich falsch. Ich sollte fliehen, ich sollte mich schützen, mich und Horst und vielleicht auch Helene. Doch stattdessen bleibe ich einfach stehen.

Edith Anna Polkehn

ZAUBERHAFTES GRÜN

Grün! Welch idiotischer Name für dieses winzige Kaff, das unter dem Weiß der Schneemassen fast komplett verschwand. Das Navi zeigte an, dass Lena den Weiler erreicht hatte. Nur noch an den paar Häusern und der Kapelle vorbei und scharf links, dann müsste sie eigentlich an ihrem Ziel sein. Grün 13, Hermine Huber. Wie unüberlegt war sie doch gewesen, einfach auf gut Glück das billigste Zimmer im ganzen Bayerischen Wald zu mieten. Frau Huber, die Vermieterin, hatte nicht einmal eine Mailadresse, nur eine Telefonnummer, dreistellig. Wo gibt es das eigentlich noch außer hier?

Das Auto rutschte kurz weg und der Motor heulte auf. Die Orientierung in dem steten Flockenwirbel fiel schwer. Die Fahrt vom Ammersee bis hierher war anstrengend gewesen, mehr als vier Stunden hatte sie für die gut 220 km gebraucht.

Nach der Katastrophe mit Franz brauchte Lena Ruhe zum Nachdenken. Dieser elende Mistkerl! Er hatte das Konto gesperrt und das Türschloss ausgewechselt, während sie bei Meiers geputzt hatte. In ihrem Bett lag schon eine andere, Lena hatte sie kurz gesehen. Die Reisetasche durfte sie noch packen, aber dann hatte Franz sie hämisch lachend aus dem Haus gedrängt. Und das so kurz vor Weihnachten. Wie hatte sie diesem Kerl nur fast ein Jahr vertrauen können?

Sie hatte gekocht, gewaschen, gebügelt und geputzt. Sich in allen Belangen ins Zeug gelegt, um sich bei Franz unentbehrlich zu machen. Und nun das! Von einer Sekunde auf die andere hatte er sie ausgewechselt wie eine Glühbirne.

Lenas Augen begannen zu tränen. Sie wischte mit dem Handrücken darüber, um besser sehen zu können. Gleich musste das Haus der Vermieterin kommen. Hoffentlich war sie nicht ganz so unfreundlich, wie sie am Telefon geklungen hatte.

»Ja«, hatte sie in den Hörer geschrien, wie es Schwerhörige oft tun. »Das Zimmer ist frei. Hab' eh nur das eine. Neunzehn Euro die Nacht, mit Frühstück.«

Die neunzehn Euro hatten Lena gelockt, denn wenn sie länger bleiben wollte, musste sie sparen. Franz, dieser Fiesling, würde schon merken, was ihm fehlte, wenn sie weg war, einfach so verschwunden. Er sollte nur mal Angst haben um sie, das geschah ihm recht. Oder vermisste er sie gar nicht? Bestimmt war die Sache mit Franz nun endgültig vorbei.

Der Schneefall bereitete ihr ein wenig Kopfzerbrechen, denn morgen musste sie unbedingt etwas Essbares einkaufen. Äpfel, Brot, eine Dauerwurst, eine Flasche Saft. Essen gehen war nicht drin. In Grün gab es sowieso nichts außer Schnee und Ruhe. Der rechte Platz, um unterzutauchen und von niemandem gefunden zu werden. Um zu überlegen, wie das Leben weitergehen sollte.

Es begann dämmrig zu werden, die ständig im Scheinwerferkegel wirbelnden Flocken forderten ihre Konzentration, ihre Augen brannten. Lena wurde müde. Endlich tauchte vor ihr ein Licht auf. Das musste es sein. Ein kleines dunkles Holzhaus, tief verschneit und mit einem Jägerzaun davor. Alles mit dicken Schneehauben bedeckt, inmitten von hohen Nadelbäumen. Ein Baum mit knorrigem Stamm stand neben der Tür, ebenfalls dick angezuckert, wie ein riesengroßer Schneeball. Nahe beim Zaun hatte der Schneepflug eine Mulde in die Schneewand geschoben, ideal zum Parken.

Lena stellte ihr Auto ab, nahm die eilig gepackte Reisetasche und ging zur Haustür. Es gab keine Türklingel, also klopfte sie und schon begann die Alte – sie erkannte den Tonfall wieder – zu schimpfen.

»Ich komme ja schon, nicht so ungeduldig. Eine alte Frau kann nicht mehr so schnell.«

Dann ging die Tür auf und im warmen Licht des Hausflurs stand eine gebeugte Gestalt in dicken langen Röcken, ein Kopftuch um den Kopf geschlungen.

»Ich bin Lena Kammerer«, stellte sich Lena vor. »Ich habe angerufen. Wegen des Zimmers.«

Das Weiblein musterte sie durch die starken Brillengläser und grinste zahnlos.

»Na, dann komm mal rein, Kind. Aber die Schuh' ziehst du aus, verstanden? Nicht, dass du mir den ganzen Schnee reinträgst.«

Lena zog ihre Stiefel aus und empfand sofort ein schlechtes Gewissen, weil von ihrem Mantel und aus ihrem Haar dicke Wassertropfen zu Boden fielen.

»Das Zimmer ist oben«, schnarrte Hermine Huber und wies auf die leiterartige Holzstiege.

Oben brannte kein Licht und so war im Halbdunkel nur wenig zu erkennen, als Lena hinaufkletterte. Plötzlich stand die Vermieterin vor ihr. Wie hatte sie sich um sie herumgeschlichen?

»Da rüber«, sagte die Alte, öffnete eine der beiden Türen und wies in die Kammer. Winzig war das Zimmer, ein Bett war im Halbdunkel zu sehen, ein Tisch, ein Stuhl, ein Schrank und ein Fensterchen, vor dem nur heller Flockenwirbel tanzte. Egal, endlich angekommen, endlich ein Bett, endlich Ruhe, endlich nachdenken, wie das mit Franz weitergehen sollte.

»Und da nebenan sind Klo und Waschbecken. Dusche gibt's nicht. Und frühstücken kannst bei mir in der Kuchel unten. Kommst halt morgen runter, wenn du wach bist. Ach ja, und noch was: Geheizt wird da heroben nicht, aber der Küchenofen unten in der Stube hat einen Zug, da kannst hier mit der Klappe warme Luft reinlassen.«

Die Alte öffnete die Klappe und sofort spürte Lena die Wärme, die durch das Türchen ins Zimmer strömte.

»Und noch was«, fuhr die alte Frau fort. »Wennst was brauchst, kommst runter in die Stube, aber klopf fei an. Nicht, dass du einfach so reingehst. Handtuch liegt am Bett, der Lichtschalter ist neben der Tür. Magst einen Tee?«

»Ja«, sagte Lena, voller Dankbarkeit darüber, dass die Vermieterin nun doch ein wenig Freundlichkeit zeigte. Sie knipste das Licht an und die orange Lampe tauchte den Raum in gemütliches Licht. »Ich packe aus und komme dann runter. Ist das recht?«

»Passt schon«, sagte die alte Frau und ließ Lena allein.

Das Zimmerchen, das sich allmählich mit Wärme füllte, wirkte auf einmal viel freundlicher. Das Bett mit der karierten Bettwäsche sah kuschelig und einladend aus. Der Schrank in der Ecke war mit fröhlich buntem Papier ausgelegt und Lena legte ihre Sachen hinein. Das würde schon gehen für ein paar Tage. Viel hatte sie nicht dabei, so auf die Schnelle. Sie schlüpfte in ihre Fellhausschuhe und machte sich auf den Weg nach unten.

Wie befohlen klopfte sie an und die Alte krächzte von innen: »Komm rein!«

Die Stube war mollig warm geheizt. Auf dem emaillierten Küchenherd simmerte ein großer Topf, gleich neben dem Herd stand vor einer Eckbank ein grob gezimmerter Tisch mit zwei dampfenden Tassen. Ach ja, der Tee!

Lena ließ sich müde auf den ihr zugewiesenen Platz fallen und die Alte setzte sich dazu. Gedankenverloren rührte Lena in der Tasse. Welch hübscher kleiner Silberlöffel, ein verschlungenes L war darauf. L wie Lena! Gleich fühlte sie sich heimelig. Wie ein Wink des Schicksals erschien ihr das verschnörkelte L.

»Hast Ärger mit deinem Alten?«, fragte die Vermieterin direkt. »Weißt, wegen dem kommen die meisten hierher. Haben kein Geld, nehmen das billigste Zimmer und wollen bloß weg. Aber macht nix, da bist bei mir schon gut aufgehoben.«

Lena kam nicht dazu, etwas zu erklären, da fuhr die Alte schon fort.

»Die Männer machen immer nur Ärger, ich weiß schon. Ich bin einschichtig geblieben, das erspart einem jede Menge Kummer.«

»Ich ...«, wollte Lena einwenden, aber die Alte sprach einfach weiter.

»Freilich hast Ärger mit deinem Burschen daheim.

Das seh ich dir schon an. Der hat eine Neue im Bett, eine Junge, tät ich einmal sagen, und da kann er dich auf einmal nimmer brauchen. Servus, hau ab, hat er gesagt. Stimmt's?«

Lena nickte stumm.

»Siehst du, ich weiß, wie das läuft. Und du bist ein dummes Ding und hast gemeint, der steht zu dir, mitsamt seinem Haus und dem Porsche ...«

»Es ist ein Land Rover, kein Porsche!«

»Ist ja wurscht. Und du bist blöd gewesen und hast alles gemacht, geputzt und gekocht und so, und hast dir gedacht, wennst fleißig bist, wird er schon merken, was du für eine gute Frau für ihn bist.«

Lena begann zu heulen. Unvermittelt, schossen ihr die Tränen in die Augen und das Schluchzen war nicht mehr aufzuhalten. Woher wusste die Frau das alles? Sie weinte und weinte und konnte nicht aufhören. Kaum verstand sie, was die Alte weiterredete.

»Aber ich sag dir, mit Putzen und Kochen kannst keinen Mann kriegen. Trink deinen Tee, Mädel, und sei froh, dass du den Deppen los bist.«

Wie die von Franz sprach, ihrem Franz! Sie hatte ihn einmal geliebt, er war ihr wie der Traumprinz vorgekommen, der sie erlösen und ihr dabei helfen würde, sich ihren Lebenstraum zu erfüllen: Sie würde endlich studieren und als Hebamme an den glücklichsten Momenten anderer teilhaben dürfen. Er hatte ihr doch versprochen, sie zu unterstützen! Das Schluchzen hielt an, ließ sich nicht zurückhalten.

»Brauchst nicht weinen wegen dem, freu dich, dass du den Hallodri los bist. Hat er dir nix hinterlassen?«

»Hinterlassen?«, schluchzte Lena. »Der lebt ja noch,

da kann er mir doch nichts hinterlassen. Und das Haus und alles, das gehört ihm, wir sind ja nicht verheiratet.«

Was redete die wirre Alte da. Lena schnäuzte und wischte sich die Tränen ab. Dann rührte sie wieder mit dem silbern blinkenden Löffel, der so gar nicht in die ärmliche Stube passen wollte, in der Tasse herum und nahm einen Schluck. Der Tee schmeckte bitter, aber irgendwie gut und sie hatte das Gefühl, dass die Welt gleich besser aussah, wenn man weinte und Tee trank.

»Der hat dir vielleicht doch was geschrieben, verstehst? Ich meine, ein Testament. Weiß man es? Jetzt bleibst ein paar Tage bei mir, dann fährst wieder heim zu deinem Franz und gut ist's.«

Franz? Woher wusste die Frau seinen Namen. In Lenas Kopf begann ein Wirbel, ähnlich den Flocken, denen sie bei der langen Autofahrt entgegengesehen hatte.

»Ich glaube, ich gehe ins Bett!«, brachte sie noch heraus, trank den Tee aus und schlich nach oben. Trotz ihres Kummers schlief sie wie ein Stein und fühlte sich morgens zufrieden und auf seltsame Weise getröstet.

Der Blick aus dem Fensterchen offenbarte ihr ein Winterwunderland. Alles war dick verschneit, keine Straße war erkennbar und sie konnte anhand der Schneehügel nur erahnen, wo ihr Auto stand. Die Sonne strahlte, der Schnee funkelte und glitzerte. Doch ab Mittag schneite es weiter.

Am Abend stand wie durch Zauberhand ein kleines Bäumchen in der Küche, geschmückt mit Kerzen, roten Bändern und aufgefädelten Keksringen. Ein paar selbstgestrickte, geringelte Socken für Lena lagen darunter. Wieder ging es los mit der Heulerei, aber die große Verzweiflung war weg.

»Ich habe doch nichts für dich, Hermine!«, schluchzte Lena. »Aber ich komm wieder, das verspreche ich dir. Dann bring ich dir dein Weihnachtsgeschenk eben später.«

Die Alte lächelte und winkte ab. »Ach, was braucht eine alte Frau denn schon!«

Den nächsten Tag und auch den übernächsten hielt der Schneefall an. Der Schneepflug kam nicht mehr vorbei, weil er mit den Hauptverkehrsstraßen beschäftigt war. Geborgenheit, Wärme und einfache Mahlzeiten, mehr brauchte Lena im Moment sowieso nicht, und da war ja auch noch die verständnisvolle Alte, die sich geduldig Lenas Kummergeschichten und Zukunftspläne anhörte. Erst am Freitag hörte es auf zu schneien. Blauer Himmel und Sonnenschein verwandelten die Umgebung in eine Märchenlandschaft. Nur das Rattern des Schneepflugs passte nicht in die Idylle.

»Schau dir das gute Wetter an«, sagte Hermine am Morgen. »Jetzt fahr heim, besser wird es nimmer. Vielleicht ist alles wieder gut mit deinem Franz, wenn du heimkommst. Und denk dran: Vielleicht hat er dir doch was geschrieben, ich mein' ein Testament, wegen dem Haus, wer weiß! Wirst noch an mich denken, Kind!«

Was sollte der Unsinn und das Gerede mit dem Haus und dem Testament? Die Alte war wohl etwas verwirrt. Lena bezahlte ihre bescheidene Rechnung, legte noch einen Geldschein drauf, weil sie ja die ganzen Tage hier einfach, aber gut gegessen hatte. Dann verabschiedete sie sich, frohen Herzens und voller Hoffnung, als hätte sich ihr Leben hier in dem alten Häuschen komplett geändert. Sie hatte viel länger wegbleiben wollen, aber nun war sie stark genug, Franz gegenüberzutreten und ihm ihre Meinung zu sagen. Nein, er hatte sie nicht verdient.

Sie würde auch ohne ihn durchkommen. In dem kleinen Friseursalon an der Ecke suchten sie immer noch nach einer Aushilfe, das würde für den Anfang schon reichen. Und die Putzstelle bei den Meiers hatte sie ja auch noch. Wohnen könnte sie bei ihrem Vater, ein paar Wochen ginge das schon. Und dann würde sie sich an der Uni bewerben.

Als Lena bei Franz' Haus am Ammersee ankam, schrumpfte ihr Mut. Aber sie musste da jetzt durch und außerdem musste sie ihre Sachen holen, ihre persönlichen Dinge.

In der Garageneinfahrt standen zwei Autos mit Münchner Nummer. Franz' Land Rover fehlte. Sie klingelte.

Hannelore öffnete, Franz' ältere Schwester, die sie eigentlich ganz gerne mochte. Sie hatte verquollene Augen und fiel Lena gleich heulend um den Hals.

»Wo warst du denn? Der Franz ... der Franz ...«

Unheimlich war das, richtig unheimlich. Auf der Couch saßen zwei fremde Männer, die Lena nicht kannte.

»Was ist denn los, Hannelore? So sag doch!«

»Der Franz ist tot. Er hat einen Unfall gehabt mit dem Auto, heute in der Nacht. Er hat wieder so ein Flietscherl dabeigehabt, und sie sind beide ... O Gott, wie schrecklich!«

Hannelore begann erneut loszuheulen. Eiseskälte überfiel Lena. Der Franz war tot? Ein Unfall? Sie umarmte die weinende Hannelore und führte sie ins Wohnzimmer zurück.

Die beiden Herren auf der Couch waren von der Polizei. Sie hatten Hannelore befragt, auch an Lena hatten sie Fragen. Wo und warum sie weg gewesen war, wollten sie wissen. Reine Routine, wie die beiden betonten, die Unfallursache stand fest: Schneeglätte, überhöhte Geschwindigkeit und 2,4 Promille im Blut. Da half auch kein SUV.

Hannelore übergab Lena den neuen Schlüssel, der wie immer unter der Fußmatte gelegen hatte, zumindest die Wohnsituation war so fürs Erste gesichert. Trotzdem packte Lena ihre Sachen. Hannelore würde sicher alles erben und sie wollte ihre Freundlichkeit nicht über Gebühr ausnutzen. Aber es sollte anders kommen.

Auch Lena wurde zur Testamentseröffnung beim Notar geladen. Franz hatte doch tatsächlich ein Testament verfasst, in dem er den Hauptteil seines Erbes seiner »geliebten und treuen Verlobten Lena Kammerer« vermacht hatte. Am Tag, als sie abgereist war, nach dem Streit, war er noch beim Notar gewesen. Lena konnte es kaum glauben. Hannelore erhielt die Aktien, Lena das Barvermögen – genug, um die Steuer zu bezahlen und das Studium zu finanzieren.

Als die Erbschaft geregelt war und der Frühling kam, machte sich Lena auf nach Grün 13, zu Hermine Huber. Sie hatte einen großen Blumenstrauß dabei, eine Flasche Champagner und einen Fresskorb. Als verspätetes Weihnachtsgeschenk und gleichzeitig als Dankeschön für die tröstende Zeit.

Sie freute sich, als sie das Ortsschild Grün sah, dem Namen gemäß war das kleine freundliche Örtchen nun in grüne Wiesen eingebettet. Dort vorne kam die Linkskurve, jetzt noch zweihundert Meter, aber dann? Nichts!

Nichts, nur Wald, Wald, Wald.

Lena hielt an und wählte die Nummer der Touristinfo

Straubing, bei der sie damals das Zimmer gebucht hatte. Die wussten nichts von einer Buchung, eine Hermine Huber kannten sie nicht.

Lena stieg aus und ging die Straße entlang. Es gab kein Holzhäuschen, keinen Jägerzaun, nur Bäume. Hatte sie sich verfahren? Oder alles nur geträumt? Hier musste es doch gewesen sein! Sie war sich sicher. Da stand auch der knorrige Baum, der wie ein Riesenschneeball ausgeschaut hatte. An den erinnerte sie sich.

Daneben hatte das Häuschen gestanden. Aber da war nichts. Keine Mauerreste, nur grünes Gras und Löwenzahn, gelb, wild und fröhlich. Doch in der Wiese glänzte etwas. Lena bückte sich und hob einen kleinen Teelöffel auf. Mit den Händen rieb sie die Erde ab. Der Löffel war aus Silber und das verschlungene L war unverwechselbar.

Michael Kibler

WALZENTOD

Eben habe ich meine Frau mit der Schreibmaschine erschlagen. Mit meiner geliebten alten Olympia. Die liegt jetzt neben Felicitas auf dem Parkett. Natürlich hat das alte, klappernde, geliebte Ungetüm diese Attacke nicht unbeschadet überstanden. Sie ist Schrott. Doch ihr Tod wird mir das Leben ermöglichen. Nicht, dass ich auf dem alten Ungetüm noch eine Zeile geschrieben hätte. Sie war ein Relikt aus einem anderen Leben. Ich seufze. Und setze mich wieder auf den Stuhl am Esstisch in der Wohnküche. Das Essen duftet lecker. Nudeln mit Maronen-Sahne-Soße.

Es ist so wunderbar friedlich jetzt. In zwei Wochen ist Weihnachten.

Felicitas ist ein paar Monate älter als ich. Nein, keine Ungenauigkeiten, gewöhnen wir uns gleich an die korrekte Tempusform: Sie war ein paar Monate älter als ich.

Ich traf sie zum ersten Mal vor mehr als einem Vierteljahrhundert. Mit Bernd und Volker bin ich an jenem Samstag an den Badesee geradelt. Wir lagen auf unseren Handtüchern. Felicitas und ihre Freundin legten sich neben uns. Felicitas' Bikini war knapp. Und ihre Rundungen hatten ziemlich genau die Proportionen, die meine Testosteronproduktion anwarfen.

Felicitas ignorierte mich. Die Freundin, an deren Namen ich mich nicht mehr erinnere, warf Volker und Bernd kokette Blicke zu. Als die beiden Frauen eine Stunde später ihre Sachen packten, Felicitas sich unter dem T-Shirt das Bikinioberteil auszog, ohne dass sie sich zuvor richtig abgetrocknet hatte, da war auch für mich der Zeitpunkt des Aufbruchs gekommen. Volker und Bernd feixten bereits, wer bei ihrer Freundin würde landen können.

Mein Rad stand unweit des gelben Alfa Cabrios, in dessen Kofferraum die beiden Grazien eben ihre Badesachen verfrachteten. Ich hielt das für eine glückliche Fügung. Dann stellte ich fest, dass das Hinterrad meines Fahrrades platt war. Ich fluchte.

Felicitas drehte sich zu mir um: »Kann ich helfen?«

»Ich hab 'ne Pumpe«, sagte Volker – und starrte dann auf die gähnende Leere zwischen den beiden am Rahmen angelöteten Nippeln, zwischen denen sich einmal seine Luftpumpe befunden hatte.

»Ihr bringt meine Freundin nach Hause, ich kümmere mich um euren Freund«, sagte Felicitas in bezauberndem Kasernenhof-Tonfall. Ihre Freundin gab ihr den Wagenschlüssel.

Bereits auf der Fahrt zurück in die Stadt legte Felicitas ihre Hand auf mein Bein. »Du bist mir gleich aufgefallen.«

Und, was soll ich sagen. Aus erotischer Sicht waren die folgenden achtundvierzig Stunden das Highlight meines Lebens. Dass das alles eingefädelt gewesen war – auf diesen Gedanken kam ich erst viel später.

Es ist so friedvoll, dem Blut beim Trocknen zuzusehen. Hätte nicht gedacht, dass ich dem einmal etwas abgewinnen könnte. Aber das gerinnende Blut macht keine Geräusche. Sagt nichts, fordert nichts, nörgelt nicht. Ich sehe auf die Uhr. Noch etwa eine Stunde werde ich diese Ruhe genießen können.

Zeit, abzuwaschen.

Ich ziehe mir Gummihandschuhe an, wasche meinen Teller ab, mein Besteck, mein Glas. Stelle den Teller und das Weinglas zurück in den Schrank und lege das Besteck in die Schublade. Felicitas benutztes Geschirr lasse ich auf dem Tisch stehen. Dann hole ich aus dem unteren Schrank eine Tüte. Darin ein benutzter Teller, auf dem vorhin die gleichen Nudeln mit der gleichen Soße lagen wie auf dem Geschirr, das ich gerade abgespült habe. Das zeigen die Speisereste deutlich. Ich stelle den Teller auf den Tisch, gegenüber Felicitas' Platz, dorthin, wo eben noch mein Teller stand. Auch Besteck, ebenfalls mit Speiseresten versehen, nehme ich aus der Tüte, lege es auf den Teller. Dann stelle ich statt des Weinglases eine leere Bierflasche neben den dreckigen Teller.

Nach unserem ersten gemeinsamen Weihnachten war bereits alles gelaufen. Wir feierten im Hause meines Vaters. Natürlich hatte Felicitas schon vorher gewusst, wer ich war: dass meinem Vater die bekannte Softwareschmiede gehörte. Er war einer der Pioniere der elektronischen Buchhaltung für Kleinunternehmen gewesen und hatte sich mit seiner Idee dumm und dämlich verdient. Ich, als sein einziger Sohn, würde alles erben. Meine Mutter war damals bereits verstorben, mein Vater schon über sechzig. Er hielt mich extrem kurz an der finanziellen Leine.

Ich kam damit völlig klar. Studierte Germanistik – und verdiente nebenher Geld mit dem, was mir am meisten Spaß machte: dem Schreiben. Durch Glück und Hartnäckigkeit hatte ich die Chance bekommen, für Plus8 eine Seifenoper zu schreiben. Davon konnte ich gut leben.

So gut ich im Schreiben war, so schlecht war ich darin, Felicitas zu durchschauen. Nach unserem »Ich-fress-dich-auf«-Tête-à-Tête hatte sie einen Weinkrampf bekommen und mich aus der Wohnung geschmissen. Ich war völlig verstört gewesen, nicht ahnend, dass ich zum ersten Mal die hohen Weihen ihrer Schauspielkunst erlebt hatte. Ich habe mich damals eine Woche lang abgemüht, den Kontakt wieder aufzunehmen. Als wir endlich wieder ermattet nebeneinanderlagen, gestand sie mir, dass sie einen einjährigen Sohn habe. Das Ergebnis einer Vergewaltigung. Ich fühlte mich sofort verantwortlich. Und so lernte ich wenig später Melvin kennen, damals ein Baby.

Im November teilte Felicitas mir mit, sie sei schwanger. Natürlich sagte ich es sofort meinem Vater. Der schluckte.

Drei Wochen später zogen wir zusammen, in eine kleine und ziemlich verlotterte Dreizimmerwohnung. Mit Melvinchen, wie sie ihren Spross nannte. Mein Vater fluchte.

Weihnachten hielt ich um Felicitas' Hand an. Mein Vater schnaubte.

Schon drei Wochen später heirateten wir. Mein Vater tobte.

Meine Tochter Seraphina – Felicitas Namenswahl – wurde im Mai darauf geboren. Wenig später gab ich das Studium auf. Ich schrieb im Akkord, um Geld zu verdienen.

So anstrengend das Leben mit Felicitas auch war –

mit ihr an meiner Seite war es viel einfacher, Produzenten auf Partys zu bezirzen. Den einen oder anderen Auftrag – etwa den für die Polizeiserie Bullenherde – habe ich vermutlich nur bekommen, weil Felicitas dem Flirt die Verführung hatte folgen lassen. Zwei Jahre später konnten wir uns das große Haus leisten. Mit großzügigem Arbeitszimmer. Schallisoliert. Nach innen, nicht nach außen.

In einer Sache war Felicitas von Beginn an konsequent: Sie hat nichts zur Vermehrung des Vermögens beigetragen. Die Aufgabenteilung war stets klar gewesen: Ich verdiene das Geld, sie gibt es aus. Mit jedem Drehbuch, das ich verkaufte, mit jedem Buch, das ich erfolgreich auf den Markt brachte, wuchs der Berg der Einkünfte, den sie ungeniert abtrug.

Vor vier Monaten starb mein Vater, mit gut fünfundachtzig Jahren. Über Nacht wurde ich zum Multimillionär. Wir wurden über Nacht Multimillionäre. Einen Ehevertrag abzuschließen wäre mir seinerzeit wie ein Sakrileg erschienen. Mein Vater hatte mich gewarnt. Aus purem Trotz habe ich Felicitas' Vorschlag zugestimmt, keine Gütertrennung zu vereinbaren.

Mit dem Tod meines Vaters kam zum ersten Mal die Angst: Wenn ich jetzt stürbe, könnte Felicitas gänzlich ohne meine Einkünfte den Rest ihres Lebens sorgenfrei leben.

Ich weiß nicht wie, es treibt mich heute fast dazu, an einen Gott zu glauben, denn trotz der Zustände in unserem Irrenhaus entwickelte sich Seraphina prächtig. Sie fand im Kindergarten ihre Freundin Silvia – und ich hatte den Eindruck, dass deren Eltern wussten, was gut für Seraphina war, und sie quasi adoptierten. Melvin hingegen wütete meist zu Hause.

Es war nicht so, dass meine Frau glücklich war über die Entwicklung ihres Sprösslings. Wie auch – er behandelte auch sie von oben herab, bereits zu der Zeit, als er noch siebzig Zentimeter kleiner war als sie. Die Leistungen in der Schule konnten auch nicht wirklich überzeugen. Doch Felicitas erklärte jedem, der es hören wollte oder nicht, das läge daran, dass Melvin mit einer nicht optimal geförderten Hochbegabung gesegnet war.

Manchmal ertappte ich mich, wie ich mich in einem Anflug von Sentimentalität nach meinem alten Leben zurücksehnte. Einem Leben, in dem es Schlägereien mit den WG-Kumpanen wegen der Mietschulden gegeben hatte statt eisgekühlter Langeweile in unserem Haus; und gefrorene Daumen am Rande der Landstraße statt der Wahl zwischen Benz und Jaguar.

Unmittelbar nachdem er seinen Hauptschulabschluss erhalten hatte, zog Melvin aus. Ich benutze bei der Formulierung des vorigen Satzes absichtlich nicht das Partizip des Verbs ›erwerben‹. Denn ich hatte meine eigene Theorie, weshalb Melvin den Abschluss überhaupt bekommen hatte. Wenn Felicitas über all die Jahre irgendetwas gewesen ist, dann gleichbleibend attraktiv und großzügig, was die Zuteilung ihrer körperlichen Reize anging.

Die Ausbildung, die Melvin nach der Schule begann, war jene im Rotlichtmilieu. Er hatte Erfolge als Geldeintreiber, Kurier und Türsteher. Was ihn im Laufe der Zeit vier Zähne kostete. Er hätte sich gute Implantate leisten können, hätte er es nicht vorgezogen, sein Geld am Spieltisch zu verzocken. Anfangs war der kosmetische Mangel aufgrund der Zahnlücken die einzige Konsequenz seines suboptimalen Finanzmanagements. Bald jedoch begann die Habenseite schwere Schlagseite in Richtung Soll zu bekommen. Felicitas unterstützte ihren Kleinen nun ab und an, wenn Drohungen wie gebrochene Finger oder zerschlagene Kniescheiben im Raume standen. Zwei Wochen nach dem Tod meines Vaters eröffnete sie mir dann, dass Melvinchen wieder zu uns ins Haus ziehen würde. Melvinchen hatte da gerade den siebenundzwanzigsten Geburtstag gefeiert.

Es musste etwas geschehen. Denn ich wusste nicht, was ich zuerst verlieren würde: den Rest meines Geldes oder meinen Verstand. Todgeweiht waren zu diesem Zeitpunkt beide. Zumal Melvin, seiner Fahne nach zu urteilen, auf dem besten Weg war, die Sucht nach Karten noch um die Sucht nach Alkohol zu bereichern.

Man kann über Melvin sagen, was man will, aber er war feinmotorisch nicht unbegabt. Zumindest, wenn die Aufgabe nicht darin bestand, eine Taschenuhr zu reparieren. Sondern eher, wenn die Herausforderung darin lag, drei Legosteine aufeinander zu stecken. Oder bei der Olympia den gelösten Drahtbügel zwischen dem Tastenhebel für das ä und dem entsprechenden Typenhebel wieder einzuhängen. Denn den hatte ich ausgehängt. Heute Morgen.

Vor zwei Stunden habe ich Melvin dann gebeten, ob er nicht mal nachschauen könne, wieso die alte Schreibmaschine sich weigere, das ä zu Papier zu bringen. Einen normalen Sechzehnjährigen würde die Beantwortung dieser Frage in Kombination mit dem Beheben des Mangels vielleicht fünfzehn Minuten kosten. Dann konnte ich getrost davon ausgehen, dass Melvin mindestens vierzig Minuten brauchte, selbst wenn er ab und an einen unverfänglichen Hinweis zur Lösung des Problems bekäme. Anreiz waren fünf Hunderteuroscheine, die ich in der Hand gehalten hatte, verbunden mit der Bitte, die Maschine vorsichtig zu behandeln. Sie wäre meine erste eigene Schreibmaschine gewesen, und ich wollte sie nicht einem Fremden zur Reparatur überlassen, sondern lieber jemandem aus der Familie anvertrauen. Melvin sah die fünf Hunderter und wurde nicht einmal stutzig. Er pfefferte die Maschine auf den Wohnzimmertisch, und ich war froh, mich seinerzeit bei dem Glastisch für die Panzerglas-Variante entschieden zu haben. Ich reichte ihm meinen Satz mit dem Feinmechaniker-Werkzeug.

Er spannte ein Blatt Papier ein. »Welche is' kaputt?«

»Das ä.«

Melvin drückte auf eine Taste und die Type sprang in Richtung Papier. »Ey, das e geht doch.«

»... das äää ist tot ...«

Melvin hämmerte auf die Taste mit dem für ihn gleichlautenden, anderen Buchstaben. »Ja, das ä is' tot, echt.«

Ich unterdrückte meine Aggression ob solcher Zurschaustellung mangelnder Intelligenz. Und ich verkniff mir die zynischen Kommentare, deren Entschlüsselung ohnehin an der Blödheit des Hörers gescheitert wäre.

Ich ging vom Wohnbereich in die Küchenregion. Und begann, die Maroni-Soße zuzubereiten. Dabei sagte ich laut: »Sag mal, Melvin, ich möchte deiner Mutter ein paar Blumen kaufen. Über welche, meinst du, würde sie sich freuen?«

»Meine Mutter?«

»Ja.«

»Ich glaub, die mag Gänseblümchen.«

»Ich dachte eher an diese großen, roten, die man jemanden schenkt, den man mag.«

»... äh, Rosen!«

»Ja, Rosen, genau.«

»Ey, find ich gut, dass wir miteinander reden jetzt. Echt. Du bist vielleicht doch nicht ganz so 'n Arsch, wie die Mama immer sagt.«

Melvin setzte seine Untersuchung der Maschine fort, was im Wesentlichen daraus bestand, abwechselnd das ä und das e zu tippen. »Is' echt nicht so einfach.«

»Du findest bestimmt raus, was da kaputt ist.«

»Klar doch, bin Experte. Hab ich schon zehnmal gemacht.« Sprach's und drehte die Maschine schwungvoll auf den Rücken, was den Bügel für den Papiervorschub seine Form kostete. »Ou, sorry. Is' aber auch voll blöd da dran, das Teil.«

»Ja, da hast du recht«, sagte ich und meinte es definitiv nicht so. Aber ich kam meinem Ziel Satz für Satz näher: Das hochempfindliche Mikro und ein Aufnahmegerät, beides am Tag zuvor gekauft, nun gut versteckt, zeichneten das ganze Gespräch auf. Und es war nicht einfach, die Unterhaltung in die richtige Richtung zu lenken. Aber zum Glück war ich ja deutlich intelligenter als Melvin.

Ich dachte an Seraphina. Sie war direkt nach dem Abi nach Amerika gegangen, hatte dort inzwischen geheiratet. Ich habe sie schon dreimal besucht. Und bin seit drei Monaten Opa.

Natürlich habe ich an Scheidung gedacht, mehrfach. Aber ich habe in meinem Leben zu viel aufgegeben, um nun auch noch die Hälfte meines Vermögens in den Wind zu schießen.

»Was meinst du, was diese Schreibmaschine draußen so wert ist?«, fragte ich, als ich das Essen fertig zubereitet hatte.

»Auf der Straße? Boah, ich denk schon so fuffzig.«

»Zehn Mille?«

»Hä? Ne, Quatsch, keine zehn Mille.«

Melvin entging sicher, dass unser Dialog hin und wieder leicht surrealistische Züge annahm. Aber für mich lief es perfekt.

Melvin drehte die Maschine wieder um, eine Aktion, deren akustische Manifestation erahnen ließ, dass sie der weiteren Lebensdauer auch nicht eben förderlich gewesen war. »Ey, is' echt voll schwer.«

»Ja, glaub ich. Deshalb wollte ich ja auch so einen Profi wie dich. Vielleicht wär ein Bier jetzt das Richtige.« Ich sah in den Kühlschrank, in dem seit Melvins Einzug immer mindestens fünf Flaschen Bier und zwei Flaschen Wodka standen. Die hatte ich wohlweislich rausgenommen. »Oh, ist nix mehr da. Vielleicht holst du was aus dem Keller? Kannst mir auch eins mitbringen.«

»Ich seh, du verstehst was davon, wie man da ran muss«, griente er breit. »Super!«

Als Melvin in Richtung Keller verschwand, ging ich zum Wohnzimmertisch, fummelte den Bügel für das ä wieder an seinen Platz, bog das Ende mit der Zange wieder fest. Ich drückte probeweise die Taste und der Typenhebel schwang nach vorn.

Als Melvin zurückkam, war seine Bierflasche schon fast leer. Aber er hielt schon Ersatz in der anderen Hand. Gleich neben der Flasche für mich, die er mir reichte.

»Ich hab nachgedacht, weißt du? Manchmal hilft schütteln!«

»Okay«, meinte ich, »vielleicht solltest du das mal ausprobieren.« Ich deckte den Tisch für mich und Melvin.

Der ging zum Couchtisch zurück, umfasste mit beiden Händen die Maschine und schüttelte sie, als sei sie eine lustige Schneekugel im XXL-Format.

Er stellte sie wieder ab und haute auf das ä, das einen Satz nach vorn machte. Es knallte auf die Walze. »Ey, super, sag ich doch. Das war's. Schütteln hilft immer. Bei der Schreibmaschine. Und bei den Tussen.«

Vielleicht hätte ich dieses Universalprinzip einmal bei Felicitas anwenden sollen. »Danke. Ich wusste, dass du gut bist.« Ich sah auf die Uhr: alles im Zeitplan. »Hast du dir echt verdient, die Kohle.« Ich reichte ihm die Scheine. »Und jetzt erstmal was essen, komm.«

Melvin blieb sich auch beim Essen treu, schlang die ganze Portion Nudeln und Soße herunter, bevor ich auch nur drei Gabeln gegessen hatte. Auf seinem Hemd konnte man deutlich erkennen, was er gegessen hatte. Er spülte den letzten Bissen mit Bier runter, rülpste.

»Ich war ewig nicht mehr in deinem Zimmer. Du hast da jetzt echt was gemacht, sagt deine Mutter.«

»Ja. Hab sogar ein voll geiles neues Poster. Zeig ich dir!«

»Vielleicht sollten wir noch ein Bier mitnehmen.«

»Coole Idee!« Wieder verschwand er, kam mit vier Flaschen zurück, eine davon halb geleert. Gemeinsam gingen wir in sein Zimmer im ersten Stock. Ich vergaß den Flaschenöffner nicht.

»Cool, gell ?«, bettelte Melvin um Zustimmung.

Wenn man auf Centerfolds, Wrestlingstars und Sebastian Vettel stand, dann sicher.

»Mucke?«

»Klar.«

Melvin wischte auf dem iPhone herum. Schwarz-Rap-Gangsta-Musik dröhnte aus dem fetten Bluetooth-Brüllwürfel.

»Krasse Mucke!«, veranlasste ich mich zu schwindeln. »Prost, auf Ex.«

»Ja, Prost, Mann!« Melvin strahlte.

Zehn Minuten später begannen die K.-o.-Tropfen zu wirken und ich konnte endlich die Musik ausmachen. Zeit für mich, den nächsten Teil meines Plans umzusetzen.

Ich ging in die Küche, zog mir Gummihandschuhe an und packte Melvins Teller und Besteck in eine Tüte, diese in den unteren Schrank und stellte eine der leeren Bierflaschen dazu. Mein Geschirr wusch ich ab.

Dann deckte ich beide Plätze neu ein, diesmal mit Weingläsern als Alternative zu Bierflaschen. Felicitas hatte Bier noch nie gemocht.

Alles war vorbereitet.

Eine Stunde nach der genialen Reparatur der Schreibmaschine drehte sich der Hausschlüssel im Schloss. Felicitas kam aus dem Fitnessstudio. Pünktlich. Man konnte die Uhr danach stellen.

Sie ließ die Tasche im Flur fallen. Kam ins Wohnzimmer.

Sah zum Esstisch und in die Küche. »Was ist denn hier los?«

»Ich habe gekocht.«

»Das merke ich. Aber was soll das? Und was hat dieses Monster auf dem Couchtisch zu suchen?«

Ich ignorierte die Frage. Lenkte das Thema auf eine für sie interessantere Fragestellung. »Ich habe nachgedacht und beschlossen, dass es besser für uns beide ist, wenn sich unsere Wege trennen.«

Felicitas holte Luft, um etwas zu entgegnen, doch ich sprach einfach weiter. »Ich überschreibe dir das Haus, du bekommst achtzig Prozent unseres Vermögens. Und beide Autos«, log ich.

Es war selten, dass Felicitas sprachlos war.

»Du verarschst mich jetzt, was?« Die Sprache hatte Melvin mehr von seiner Mutter als von seinem Stiefvater.

»Nein. Ich will Frieden. Und deshalb habe ich für uns gekocht.«

Felicitas sah mich immer noch irritiert an. Aber langsam wichen die Fragezeichen in ihren Augen dem Schimmern von Eurozeichen. Der Fisch zappelte an der Angel. Noch ein kleiner, ganz leichter Ruck an der Leine, und er würde sich nicht mehr lösen: »Felicitas, wir hatten doch auch gute Zeiten, oder?«

Ein Lächeln auf ihrem Gesicht – das erste mir gegenüber seit mehr als zwanzig Jahren – unterstrich ihre Niederlage. Wir aßen die frisch gekochten Nudeln mit der noch vorhandenen, aufgewärmten, leckeren Soße.

Neben der Maschine hatte ich einen DIN-A4-Schnellhefter abgelegt. »Ich habe alles vorbereitet und bereits unterzeichnet, wir können das jetzt über die Bühne bringen.«

Nach dem Essen, bei dem wir uns tatsächlich zuprosteten, gingen wir zum Wohnzimmertisch.

Felicitas griff nach dem Schnellhefter.

Ich sagte: »Ich räum mal eben die Maschine weg« und nahm das Gerät in beide Hände.

Bevor Felicitas den Hefter geöffnet hatte, schlug ich ihr die Maschine von hinten auf den Kopf und ließ sie dann los. Felicitas glitt auf den Boden. Die Maschine schlug auf dem Tisch auf, sprang von dort auf den Parkettboden. Der Hefter lag nun unter Felicitas. Die Polizei würde darin ein paar Bilder entdecken, die Melvin zeigten, wie er im Park Drogen verkaufte. Die Investition in den Detektiv hatte sich gelohnt. Und in Melvins Zimmer würden sie Drogen finden. Weit mehr, als sich mit Eigenbedarf erklären ließe.

Ich stehe in Melvins Zimmer. Die Wirkung der K.-o.-Tropfen lässt nach. Er zuckt schon. In etwa drei Minuten wird er wieder aufwachen. Ich greife nach seinem Handy, Face-ID funktioniert, wickle den unteren Rand meines dünnen T-Shirts um den Zeigefinger, tippe die 112. Halte den Lautsprecher des Diktiergeräts an das Handymikro. Dann sagt Melvins Stimme Worte, vor einer halben Stunde am Computer von mir zusammengeschnitten aus der aufgezeichneten Unterhaltung: »Meine Mutter is' tot bei der Schreibmaschine. Rosenstraße zehn. Ich war's.« Gut, dass er schon immer eine so monotone Stimme hatte.

Ich lege auf, stecke das Diktiergerät ein, verlasse das Haus. Fahre in mein Büro, das ich angemietet habe, als das Haus wieder von Melvin okkupiert worden war. Schenke mir einen Whiskey ein und versuche erst gar nicht, weiterzuschreiben. Denn schließlich werde ich bald einen Anruf von der Polizei bekommen.

Jetzt kann es wirklich ein schönes Weihnachten werden. Und wenn alles glattgeht, feiere ich sogar in Amerika. Mit Seraphina.

Mareike Fröhlich

FRÜHLINGSVEILCHEN

Dezember 1680, Esslingen am Neckar

Die lockenden Klänge eines Dudelsacks lagen über dem Markt, hingen in den Gassen, vermengten sich mit den Schlägen des Tamburins und dem süßen Duft von Gewürzwein und brennendem Harz.

Margaretha glitt durch die schmalen Gänge zwischen den Ständen, vorbei an Korbwaren, geschnitzten Figuren für die Weihnachtskrippe und Bündeln seltener Gewürze. Die Luft war erfüllt von Stimmen – das Murmeln der Käufer, das Rufen der Händler. Sie ließ sich davon leiten, wich Mägden, Knechten und durchreisenden Kaufleuten aus, die zwischen den Ständen hin und her eilten.

Im Vorbeigehen streifte ihre Hand einen Apfel in einem der Körbe auf Heinrichs Stand. Unauffällig. Ungesehen. Keine Sekunde später ließ sie die Frucht in einer Falte ihres Gewandes verschwinden und ging eilig weiter.

»Trine!«, rief Heinrich laut hinter ihr her. Nur ein Wort, doch sie hörte das Lachen darin.

Heinrich hätte ihr den Apfel geschenkt, hätte sie ihn danach gefragt. Vielleicht sogar eine getrocknete Pflaume dazu. Aber wo wäre da der Reiz? Für sie – und auch für ihn.

Bisher hatte Heinrich ihren Diebstahl an jedem einzelnen Markttag bemerkt. Doch irgendwann würde sie es schaffen, den Apfel zu nehmen, ohne dass er es entdeckte. Vielleicht im Frühling, wenn das Licht der Tage länger währte, oder im Sommer, wenn der Markt voll dichtgedrängter Menschen war. Noch war sie nicht an jenem Punkte angelangt. Etwas anderes bereitete ihr Sorge. War es recht, was sie heimlich tun sollte?

Vierzig Kreuzer hatte der Fremde versprochen. Ein Hauch von Belustigung hatte seine Lippen umspielt, als sie die Summe ungläubig wiederholt hatte.

»Zehn Kreuzer gebe ich dir sogleich. Die übrigen wirst du erhalten, sobald du dies in die Manteltasche des Stadtrats Voglers gleiten lässt.« Dabei hatte er ihr eine kleine Papierrolle gereicht, mit einem Wachssiegel verschlossen.

Margaretha hatte auf den ersten Blick erkannt, dass es kein gewöhnliches Papier war, wie es die Bäcker oder Krämer nutzten. Es war eines, wie es nur Wohlhabende verwendeten.

Zum wiederholten Male spürte sie nach dem kleinen Stoffsäcklein, das er ihr beim Abschied überreicht hatte. Sie trug es an einer Kordel um den Hals, tief verborgen unter den Schichten aus grobem Hanf und Leinen. Zehn Kreuzer.

Auch wenn sie nun bereits das zweite Mal die Gänge des Marktes entlangschritt, entdeckte sie kein edles Gewand. Keinen Samt, keinen schimmernder Brokat, keinen Pelz. Stattdessen sah sie die schwere Wolle und den schlichten Loden der Bürger und Bauern, die den Markt bevölkerten.

»Nüsse und Rosinen, gesund und lecker!«, rief einer der Händler. Aus einer anderen Ecke erschallte: »Feiner Fisch, heut fangfrisch!«

Margaretha blieb an der großen hölzernen Bühne stehen. Eine Gruppe führte Volkstänze auf, begleitet von hellen Flötenklängen, dem kraftvolle Gebrumm eines Dudelsacks und dem Schlag der Trommeln. Sie betrachtete die im Takt schwingenden Gewänder, als etwas in ihr Blickfeld huschte. Dunkelgrüner Samt. Die Farbe der Autorität. Das musste Johann Friedrich Vogler sein. Der Fremde hatte also Recht behalten.

Margaretha fragte sich zum wiederholten Male, woher der Fremde gewusst hatte, dass Vogler auf den Markt kommen würde. Und da waren noch so viel mehr Fragen. Am mächtigsten war die, warum sie dem Herrn Stadtrat das Papier in die Manteltasche stecken sollte. Doch diese verbot sie sich. Ein *Warum* brachte kein Brot auf den Tisch, füllte keine Mägen. Vierzig Kreuzer taten das sehr wohl.

Halb laufend, halb hüpfend hielt sie sich an das dunkle Grün, folgte ihm mit schnellen Schritten. Und vertrieb damit die Kälte, die längst durch ihre Wickelschuhe, die grobe Wolle und das Stroh gedrungen war. Sie versuchte sich in der Menge zu verstecken, versuchte unter den Menschen unsichtbar zu werden. Vogler ging langsam, vertieft in ein Gespräch mit einem Mann, dessen Gewand ebenfalls aus edlem Tuch geschneidert war. Zwei Ratsdiener folgten ihnen mit strenger Miene. Stück für Stück kam sie näher an ihn heran. Dabei umfasste sie die kleine Rolle fester, die Finger krampften sich um das kostbare Papier. Mit jedem Schritt wurde ihre Anspannung größer. Weil sie ahnte, dass sie Teil von etwas Bedeutsamen war. Nur noch wenige Schritte trennten sie von ihrem Ziel.

»Ihr guten Leut', schaut her, greift zu!«, ertönte die Stimme eines Markthändlers, als Vogler gerade an seinem Stand vorüberging. »Köstlich und von eigener Hand geformt! Das feinste Gebildbrot, weit und breit! Engel und Sterne, Heilige und Tiere – Himmelsfreude auf Eurem Tisch!«

Wortfetzen drangen an Margarethas Ohr. »Landgraf ... Salzsteuer ... Abgaben ...« Das dunkle Grün seines Mantels. Der schimmernde Samt. Zum Greifen nah.

Noch ein Schritt, ein ungeschickter – so musste es wirken. Als sie sich fallen ließ, griffen ihre Hände nach ihm, um den vermeintlichen Sturz abzufangen und die kleine Papierrolle in die Tasche seines Mantels zu schieben. Ein erschrockener Laut entfuhr ihr. Atemlos – gespielt oder echt – sie wusste es selbst nicht.

»Was fällt dir ein!« Die Stimme des Ratsdieners war scharf.

Noch ehe sie antworten konnte, packte er sie grob am Arm. Der Schmerz zuckte durch ihren ganzen Körper. »Achte auf deine Schritte!«

Margaretha riss die Augen auf, weil ihre Mutter stets sagte, ihre Augen seien etwas Besonderes. Violettblau wie ein Frühlingsveilchen. Sie wandte den Kopf, schaute nicht mehr den Ratsdiener, sondern den Ratsherrn an.

»Willst du mich umreißen wie einen Balken?« Das laute, kehlige Lachen des Ratsherrn erfüllte die Luft. »Du musst es wahrlich eilig haben, Mädchen.«

Sein Lachen erstarb, als er in ihre Augen sah. Ein Flackern huschte über sein Gesicht. Ein Schaudern erfasste sie und es war keines wegen der Kälte, die von den Pflastersteinen in ihre dünnen Schuhe drang.

Langsam hob der Stadtrat die Hand, als wolle er sie berühren, als wolle er seine Finger auf ihre Wange legen.

»Verzeiht mir, Herr«, stammelte sie. »Verzeiht mir.« Sie entwand sich dem Griff des Dieners und lief, so schnell sie ihre Beine trugen. Wagte nicht, zurückzusehen, rannte, bis der Atem in ihrer Brust brannte, bis ein scharfer Schmerz sie innehalten ließ. Fand sich wie von unsichtbarer Hand geleitet bei Heinrichs Stand wieder.

»Na, mein Kind«, rief Heinrich, als er sie erblickte. »Willst du heute gleich zwei Äpfel stehlen?«

Margaretha schüttelte den Kopf, griff in ihr Gewand und zog den Apfel hervor. Ohne ein Wort reichte sie ihm die Frucht, noch zu atemlos, um etwas zu erwidern.

Doch Heinrich nahm den Apfel nicht. Stattdessen fragte er: »Ist etwas geschehen? Du siehst aus, als wärst du einem Geist begegnet.«

Sie wusste nicht, was sie antworten sollte. Ein Geist war es nicht gewesen, den sie in den Augen des Herrn Stadtrat gesehen hatte. Doch ...

Heinrich richtete sich auf. »Ich weiß, was dir helfen wird.« Er wandte sich um, griff in einen der Körbe und holte eine Dörrpflaume hervor. Mit einem Augenzwinkern hielt er sie ihr hin. »Hier, nimm. Die hilft immer.«

Margaretha nahm sie, betrachtete sie einen Augenblick. Dann biss sie hinein. Der süße Geschmack füllte ihren Mund, ein Geschmack, der sie an warme Sommertage erinnerte. Wie sehr sehnte sich nach jener Zeit, wenn die Tage lang und die Nächte mild waren. Besonders jetzt, wo die Dunkelheit schon am Nachmittag über die Stadt hereinbrach.

»Steck den Apfel ein«, sagte Heinrich, »dann brauchst du am nächsten Markttag keinen neuen zu stehlen, und ich muss nicht hinter dir herrufen.«

Von der Frauenkirche her schlugen die Glocken die fünfte Stunde.

»Das Winterfeuer, sie sammeln sich«, brummte er, während sein Blick über seinen Stand schweifte. Als habe ihn ein unerwarteter Gedanke gestreift, erhellte ein verschmitztes Lächeln sein Gesicht. Mit einer übertriebenen Verbeugung sagte er: »Edle Dame, würdet Ihr mir die Ehre erweisen, mich zum Winterfeuer auf die Burg zu begleiten?«

»Aber ...« Margaretha hielt inne.

»Den Stand wird der Knecht abbauen.« Heinrich reichte Margaretha seinen Arm und wartete, bis sie sich bei ihm eingehakt hatte. Gemeinsam gingen sie zum anderen Ende des Marktplatzes, wo bereits die Fackeln entzündet wurden. Ein Strom aus Licht zog wie ein lebendiger Fluss den Weg hinauf. Fackeln getragen von Frauen, Männern und Kindern.

Heinrich ging dicht neben Margaretha, und sie war froh über seine Nähe. Bei Heinrich fühlte sie sich sicher.

Im Hof der Wehranlage, auf der Anhöhe, war vor dem mächtigen dicken Turm ein gewaltiger Holzstoß aufgeschichtet. Wie ein kunstvolles Bauwerk aus Scheiten und Reisig.

Als sich alle im Schein der Fackeln auf dem Hof versammelt hatten, breitete der Priester die Arme aus und erhob seine Stimme zum Gebet. Während die Menge still verharrte, bat er um Schutz und Hoffnung für die Stadt in der kalten und kargen Winterzeit. Kaum war das Gebet gesprochen, trat der Akolyth, der Gehilfe des

Priesters, vor und überreichte einem der Männer in der ersten Reihe eine Fackel.

Margaretha beugte sich näher zu Heinrich hinüber. »Warum ist er es, der das Feuer entzündet?«, fragte sie leise. »Warum nicht der Bürgermeister?«

»Ach, was weiß ich? Vermutlich, weil sich der feine Herr wichtigmachen will.«

Margaretha nickte, schob sich weiter nach vorn, drängte sich durch die Menge, um einen besseren Blick auf den Mann zu erhaschen, der nun die Fackel hielt.

Ein Kribbeln durchfuhr ihren Körper, als sie ihn erkannte. Er war es. Johann Friedrich Vogler. Ob er das Schriftstück bereits entdeckt hatte? Was wohl darin stand?

»Diese Flamme«, rief Vogler mit klarer Stimme, »möge uns in diesen dunklen Tagen daran erinnern, dass selbst der tiefste Winter vergeht.«

Die Menge nickte andächtig, Margaretha tat es nicht.

Warum hatte der Fremde von ihr verlangt, ihm das Papier heimlich zuzustecken? Warum hatte sie es ihm nicht einfach übergeben können?

Langsam senkte Vogler die Fackel. Die Flamme züngelte am Reisig, dann entzündete sich das Feuer mit einem lauten Fauchen. Eine mächtige Flamme schoss in den Nachthimmel. Menschen wichen zurück, Rufe erklangen, das helle Lachen von Kindern brach die feierliche Stille. Der Schein des Feuers malte flackernde Muster auf die Gesichter der Umstehenden und auf die Wände der Wehranlage. Auch Voglers Antlitz war in goldenes Licht getaucht, sein Mantel aus dunkelgrünem Samt schimmerte im Glanz der Flammen.

Als hätte er ihren Blick gespürt, wandte sich Vogler

um. Ein Lächeln huschte über sein Gesicht. Wieder lag da dieser Ausdruck in seinen Augen – es war wie der Ausdruck ihrer Brüder, wenn sie auf dem Markt Honigbrot entdeckt hatten und sich danach verzehrten.

Er trat auf Margaretha zu. »Es ist kein Zufall, dass wir uns erneut begegnen«, sagte er mit tiefer Stimme. »Tritt heran.«

Margarethas Herz schlug schneller, sie wich zurück.

Voglers Lächeln verblasste. »Ich sagte, tritt heran.« In seiner Stimme lag eine Schärfe, die keinen Widerspruch duldete. Mit einem großen Schritt trat er auf sie zu.

»Johann Friedrich Vogler!«, hallte es über den Hof.

Raunend teilte sich die Menge, um den Weg für die Mitglieder des Stadtrats und der Stadtwache freizugeben.

»Was soll das bedeuten?«, fragte Vogler unwirsch, als die Männer ihn erreicht hatten.

Hinter der Stadtwache trat der Richter hervor. Der Richter höchstpersönlich. Obwohl er kleiner war als der hochgewachsene Ratsherr, strahlte seine Haltung Autorität aus. »Johann Friedrich Vogler, Ihr steht im Verdacht, Euch gegen den Kaiser des Heiligen Römischen Reiches verschworen zu haben.«

Erneut ging ein Raunen durch die Menge. Vogler lachte ein spöttisches Lachen, das sogar das Knistern des Feuers übertönte. Kaum war sein Lachen verklungen, wurde sein Gesicht ernst. »Wie könnt Ihr es wagen, mich, ein Mitglied des ehrwürdigen Stadtrats, zu beschuldigen?«

»Ich fordere Euch auf, Eure Taschen zu leeren.«

»Ihr fordert was?«, fragte Vogler empört.

»Ich fordere Euch auf, Eure Taschen zu leeren«, wiederholte der Richter ungerührt.

»Was glaubt Ihr, was sich in meinen Taschen befinden sollte? Es ist nichts darin, rein gar nichts.«

»Dann dürfte es Euch gewiss nicht schwerfallen, uns den Beweis dafür zu erbringen.«

Vogler rollte mit den Augen, als hielte er die Anschuldigung für lächerlich. Doch als seine Hand in die Manteltasche glitt, erstarrte er. Für einen Moment schien er die Luft anzuhalten. Dann wandte er sich langsam um, und seine Augen funkelten vor blankem Hass, als sie sich auf Margaretha hefteten. »Du!«, spie er förmlich aus.

Margaretha stolperte nach hinten. Dabei sah sie ihn. Den Fremden, der in der Nähe der Stadtwache stand und sie beobachtete.

»Offenbart mir, was Ihr in Eurer Tasche tragt«, forderte der Richter erneut. Auf sein Zeichen traten zwei Männer der Stadtwache an Voglers Seite, bereit, zuzugreifen.

Langsam zog Vogler das Schriftstück aus seiner Tasche hervor. Mit einer zornigen Geste wies er auf Margaretha. »Dieses Mädchen! Sie hat es mir in die Tasche gesteckt!«

Der Richter nahm ihm das Schriftstück ab und hielt es hoch. »Ist dies Euer Siegel?«, fragte er.

Vogler nickte widerwillig, seine Lippen fest aufeinandergepresst.

Der Richter reichte das Schriftstück einem der Ratsherren, der das Siegel brach und den Inhalt mit ernster Miene laut verlas.

Margaretha verstand nur wenige Worte. »... Umstände erfordern ... vom Thron zu stürzen ... am Tag des Herrn, 12. Januar 1681 ...«

Ein erneutes Raunen ging durch die Menge, die Köpfe wurden zusammengesteckt, leises Murmeln breitete sich aus.

»Nehmt ihn in Gewahrsam!«, befahl der Richter.

Die Männer der Stadtwache packten Voglers Arme.

»Lügen! Gemeine Lügen!« Vogler Stimme bebte vor Zorn. »Das Gassenmädel dort hat mir das Schriftstück in die Tasche gesteckt!«

Seine Worte fanden kein Gehör, und all seine Gegenwehr war vergeblich. Die Hände der Wächter hielten ihn fest, sein Sträuben war vergeblich. Er wurde abgeführt.

Die Bürger traten schweigend zur Seite, als der Festgenommene an ihnen vorbeigeführt wurde. Kein Laut war zu hören, außer dem Hall der schweren Schritte auf dem gepflasterten Boden. Der Richter folgte und hinter ihm reihten sich die Stadtwachen ein.

Regungslos blickte Margaretha dem Zug nach, bis er in der Dunkelheit verschwand.

»Du hast deine Sache wohlgetan.«

Margaretha fuhr erschrocken herum. Der Fremde stand so nah bei ihr, dass sie ihn leicht hätte berühren können, hätte sie ihre Hand nur ein klein wenig ausgestreckt. Sein Blick war starr auf jene Stelle gerichtet, an der Vogler eben noch gestanden hatte. Ohne ein weiteres Wort zog er ein Säcklein aus der Tasche – größer als das letzte – und hielt es ihr hin. »Hierin befinden sich fünf Gulden. Dies soll dir und deiner Familie von Nutzen sein.«

Margaretha starrte auf den groben Stoff mit dem wertvollen Inhalt. Worte stiegen in ihr auf, formten sich – Worte des Erstaunens, Worte des Dankes. Ein Wort jedoch war stärker als alle anderen, drängte sich unaufhaltsam nach vorn. Sie presste die Lippen fest zusammen, doch es war vergeblich, sie konnte das Wort nicht aufhalten. »Warum?«

Der Fremde neigte den Kopf ein wenig zur Seite.

»Warum ich?«, fragte Margaretha in das Getuschel der umstehenden Menschen, die sich nicht trauten, laut zu sprechen.

»Hast du die Geschichten gehört, die sie sich erzählen?«, fragte er, ebenfalls mit gedämpfter Stimme. »Von den Mädchen, die bei Nacht über die Felder gingen und nicht zurückkehrten?«

Margaretha nickte. Sie hatte die Geschichten gehört, aber nicht geglaubt.

»Zwei der Mädchen haben wir gefunden – sie sind tot«, sagte er, seine Stimme dabei so ruhig, dass die Bedeutung der Worte Margaretha umso härter traf.

Margarethas Gedanken wanderten zu Sanne. Auch sie war verschwunden, vor drei Tagen. Zuerst hatte Margaretha Zorn empfunden, dass Sanne sie einfach zurückgelassen hatte. Doch dann erinnerte sie sich an die Worte, die Sanne immer gesagt hatte, wenn sie die Wut ihres betrunkenen Vaters getroffen hatte: Sie wolle weg von hier, zu ihrer Tante nach Ulm.

Margarethas Brustkorb fühlte sich an, als wäre er von eisernen Bändern umschnürt. »Wer sind die Mädchen?« Die Worte kamen so leise über ihre Lippen, dass sie sie selbst kaum hören konnte.

»Georg, der Metzgergeselle, wollte mir etwas über die Mädchen berichten. Doch bevor ich ihn treffen konnte, verschwand er. Man fand ihn im Neckar. Mit eingeschlagenem Schädel.« Er hielt inne, sein Blick wurde dunkler. »Georg hätte uns helfen können, den Herrn Stadtrat Vogler zur Rechenschaft zu ziehen. Aber ohne Georgs Aussage mussten wir einen anderen Weg finden.«

»Eine List?«

»Ist es eine List, wenn ein Frevler für seine Untaten bestraft wird?«

»Warum ich?«, flüsterte Margaretha erneut.

»Man sagte mir, dass es in dieser Stadt ein Mädchen gäbe, dessen Augen an kandierte Veilchen erinnern. Ich hoffte, dass ein Mann wie Vogler sich diesen Augen nicht entziehen könne. Einen jungen Knaben hingegen hätte er mit Argwohn betrachtet. Doch dich ...«

Margaretha hielt den Atem an. Nun begriff sie, was jenes Flackern in Voglers Blick gewesen war. Gier. Sie schluckte, versuchte den Kloß hinunterzudrücken, der sich in ihrem Hals festgesetzt hatte.

»Wer seid Ihr?«, fragte sie schließlich.

Er neigte höflich den Kopf. »Verzeiht meine Nachlässigkeit. Ich vergaß, mich vorzustellen.« Er machte eine kleine Verbeugung. »Mein Name ist Conrad von Altenstein. Seit wenigen Tagen bin ich der Bürgermeister dieser ehrwürdigen Stadt.«

Noch ehe Margaretha darauf etwas erwidern konnte, trat ein Ratsdiener herbei. »Herr Bürgermeister, man erwartet Euch.«

Von Altenstein nickte. »Sagt den Herren, ich werde sogleich bei ihnen sein.«

Nachdem der Diener sich entfernt hatte, wandte er sich noch einmal Margaretha zu. »Margaretha, Mädchen mit den Veilchen-Augen, ich bin sicher, dass sich unsere Wege erneut kreuzen werden. Diese Stadt bedarf deines Mutes.« Er nahm ihre Hand in die Seine und legte das Säcklein hinein. Dann richtete er sich auf, zog seinen Mantel enger um die Schultern und schritt zur Gruppe der Ratsherren.

Während sie den Blick auf ihn geheftet hielt, fielen

feine Schneeflocken vom Himmel und legten sich wie ein zartes Tuch auf die Dächer und Gassen der Stadt.

»Ist alles in Ordnung?« Es war Heinrich, seine Stimme voller Sorge.

Margaretha nickte langsam, schloss ihre Hand fester um das Säcklein. »In Zukunft werde ich deine Äpfel bezahlen – versprochen.«

Aus der Ferne erklang ein weihnachtliches Lied, das die Stille der Winternacht erfüllte wie ein Versprechen.

Anke Küpper

Das letzte Geschenk

Micki

Ist dein Bart echt?« Der blondgelockte Knirps streckt den Arm aus. Bevor ich antworten kann, hat er zugefasst. Er starrt das zottelige weiße Kunsthaar in seinen Fingern an, als wäre sein liebstes Kaninchen gestorben, dann lässt er es fallen.

»Jorik!«, sagt seine Mutter, und an mich gewandt: »Entschuldigung!«

»Das macht doch nichts«, brumme ich, hebe den Bart auf und drücke ihn notdürftig wieder fest. Morgen muss ich mehr Kleber auftragen. Auch wenn mein Feuermal am Kinn das gar nicht mag und immer stärker juckt. »Mein echter Bart wächst gerade nach, bis dahin trage ich einen künstlichen«, erkläre ich. »Es ist sehr kalt am Nordpol. So bleibt mein Gesicht warm.« Ich klaube ein Päckchen aus meinem Jutesack und halte es dem Jungen hin. Er schnieft, dann greift er zu.

»Was sagt man?«, fragt seine Mutter. Der Junge schweigt. Irgendwie tut er mir leid. Kinder wünschen sich nun mal einen echten Weihnachtsmann. Schließlich wird ihnen die ganze Zeit erzählt, dass es uns wirklich gibt.

Ich schwöre mir: Falls ich den Kaufhaus-Job im nächsten Jahr noch mal mache, lasse ich mir einen Bart wachsen. Denn es passiert mehrmals am Tag, dass ein Kind meinen Kunstbart abzieht und sich erschreckt. Und die Frau, die vor ein paar Tagen ein Selfie-Video mit mir gedreht hat und mir dabei ebenfalls am Bart gezupft hat, hat zwar gelacht, als sie ihn in der Hand hielt. Aber ich bin doch kein Clown!

»Tschüss, Weihnachtsmann«, ruft der Junge. »Bis morgen!«

Seine Mutter zieht ihn in Richtung Drehtür am Ausgang. Ich wedele zum Abschied mit der Hand.

Nachdem ich die restlichen Geschenke bartunfallfrei verteilt habe, schaue ich auf die Uhr. Zeit für eine Pause!

Gerade als ich den leeren Sack zusammenfalten will, stöckelt eine stark geschminkte Rothaarige an mir vorbei Richtung Rolltreppe. An jeder Hand baumeln mehrere Tüten, aus ihrer Manteltasche ragt ein pinkfarbenes Portemonnaie, groß wie ein Buch. Der perfekte Köder für jeden Dieb. Aber mir soll's gleich sein. Ich klaue nicht mehr. Schon lange nicht mehr.

Aber warum schlägt mein Herz dann schneller?

Ich warte, bis die Frau im Gedränge untergetaucht ist. Anschließend eile ich zum Aufzug, der mich direkt in die oberste Etage bringt. Durchs Treppenhaus sind es noch ein paar Stufen zum Weihnachtsmarkt auf dem Parkdeck. Jetzt habe ich mir eine Stärkung verdient. Glühweindunst liegt in der Luft. Aber ein Weihnachtsmann mit Alkoholfahne? Unmöglich. Ich gehe direkt zur Fischbude.

»Macht vier Euro!« Ein Mann mit Rentiergeweih stellt eine Pappschale mit Matjesbrötchen vor mir auf den Tresen. Als ich in meine Hosentasche greife, fasse ich ins Leere. Wo ist das Portemonnaie? Heute morgen habe ich es ganz sicher eingesteckt. Habe ich es unterwegs verloren? Oder hat es mir jemand aus der Tasche gezogen? Aber wer bestiehlt denn den Weihnachtsmann?

»Ich habe kein Geld dabei«, sage ich. Mein Herz rast schon wieder. Im Portemonnaie steckte auch die Miete für mein Zimmer. Fünfhundert Euro. Mein letztes Geld. Heute Morgen erst auf der Bank abgehoben. Mir war von vornherein nicht wohl dabei. Man soll nie zu viel Bargeld mit sich herumschleppen. Wer weiß das besser als ich? Aber wenn ich Feierabend habe, hat die Bank geschlossen, eine Karte für den Automaten besitze ich nicht – und ich muss heute Abend die Miete zahlen. In bar, sonst fliege ich raus. Hat mich vielleicht jemand am Schalter beobachtet und ist mir gefolgt?

»Kredit gibt's hier nicht.« Das Rentier nimmt das Brötchen vom Tresen. »Der Nächste!«

»Einen halben Hummer«, sagt eine Frau neben mir. Die Rothaarige! Ich hatte sie gar nicht bemerkt. Gucci, steht auf ihren Tüten, und Prada. »Können Sie 500 wechseln?« Sie zieht den Reißverschluss an ihrem pinkfarbenen Riesen-Portemonnaie auf. Es ist prallgefüllt mit Scheinen.

Ich lächele, in der Hoffnung, dass sie mich einlädt. Aber sie ignoriert mich. Und ein Bettler bin ich nicht.

Alice

Fast tat er mir leid. Hunger ist nicht schön. Ich habe ihm angesehen, dass es ihm in den Fingern gejuckt hat, als ich mein Portemonnaie geöffnet habe. War ich zu hart?

Hätte ich ihn einladen sollen? Aber ich kann es mir nicht leisten, mehr als geplant auszugeben.

Ich schiebe den letzten Bissen Hummerfleisch auf die Gabel. Das musste trotzdem sein! Früher war ich hier oft mit Nike. Aber der Zugang zum Parkdeck ist nicht behindertengerecht. Im Rollstuhl bekomme ich sie nicht die Treppen hoch.

Nike. Meine Tänzerin.

Mit ihren Beinen aus Gold. Auf allen Bühnen der Welt hat sie getanzt, in den besten Hotels haben wir residiert. Bis sie in Wien von der Bahnsteigkante gestürzt ist. Unser Leben, von einem Moment auf den anderen zerstört.

Ein Hummerbröckchen klemmt in meiner Kehle. Ich huste, bis mir die Tränen kommen.

Jetzt würde mir ein Glas Dom Pérignon guttun. Aber das gibt mein Budget nicht her.

Micki

»Wo parkt dein Rentier?« Die Stimme hinter mir kenne ich doch. Ich drehe mich um. Der Junge, der mir gestern den Bart abgezogen hat. Vorsichtshalber lege ich eine Hand ans Kinn.

»Mein Rentier ...« Mit der anderen Hand kratze ich an meiner Mütze, als müsse ich überlegen. »Das habe ich heute zuhause gelassen und bin zu Fuß gegangen.«

»Vom Nordpol?« E.T., der Außerirdische, legt die Stirn nicht besser in Falten.

»Nein, ich habe einen Zwischenhalt eingelegt.« Wo, sage ich lieber nicht. Ich soll den Kindern Freude bereiten – und eine Nacht auf der Straße bei drei Grad ist nicht besonders spaßig. Schon gar nicht in meinem Alter. Aber was hätte ich tun sollen, mein Portemonnaie ist verschwunden und der Vermieter hart geblieben. »Kommst du jetzt jeden Tag?«, wechsele ich das Thema und reibe mir mein schmerzendes Kreuz. Immerhin konnte ich mich heute morgen im Putzraum waschen und umziehen.

Der Junge nickt.

Wo ist eigentlich seine Mutter, frage ich mich, in dem Moment kommt sie angerannt.

»Jorik! Ich habe gesagt, du sollst auf mich warten!« Sie fasst ihn am Arm.

»Du hast auch gesagt, wir gehen zum Weihnachtsmann.«

»Ganz richtig: wir, nicht du allein!« Sie stöhnt. »Der Junge hat einfach keine Ruhe gelassen, er wollte nach der Kita unbedingt wieder zu Ihnen, aber ich musste erst ein paar Einkäufe erledigen. Danke, dass sie sich um ihn gekümmert haben.«

Habe ich das? Müde schließe ich die Augen. Als ich sie wieder öffne, sind Jorik und seine Mutter verschwunden. Dafür steht eine Tüte vor mir. Ein Geschenk? Moncler, lese ich auf dem Papier. Der Ärmel einer Daunenjacke lugt heraus. Die kann ich gut gebrauchen. Es soll Frost geben, und meinen Lohn bekomme ich erst am Ende der Woche.

Bevor ich zugreifen kann, zieht eine Hand die Tüte zur Seite.

Die Rothaarige! Wo kommt sie so plötzlich her? Will sie sich entschuldigen, weil sie gestern so geizig war?

»Hallo, Weihnachtsmann!«, flötet sie und springt zur Seite wie ein Kobold. Dabei fällt ihr Portemonnaie aus der Manteltasche. Sie lacht aufreizend und stopft es zurück.

Jäh durchzuckt mich der alte Trieb. Der Wunsch, dass es jemand klaut.

Jemand? Oder ich?

Aber bin ich überhaupt genug in Form? Wenn ich erwischt werde, lande ich wieder im Knast.

Ich lasse die Beute ziehen. Die Hände fest in den Hosentaschen vergraben, sehe ich zu, wie die Rothaarige an der Umtausch-Kasse die Jacke über den Tresen reicht.

Alice

Schlecht sieht er aus. Sein billiger Anzug hängt an ihm wie die Haut an einem chinesischen Shar-Pei. Die linke Braue ist auf die Stirn gerutscht. Und wie sein Blick auf meinem Portemonnaie klebt. Als könne er es mir mit den Augen aus der Tasche ziehen. Ich hätte nicht bei ihm stehenbleiben sollen.

Aber heute Nacht habe ich wieder kaum geschlafen. Ständig hat Nike nach mir gerufen. Alles muss ich für sie tun. Seit einem Monat steht sie gar nicht mehr auf. Tagsüber fahre ich das Pflegebett ins Wohnzimmer, damit sie so oft wie möglich in meiner Nähe ist. Obwohl ich es manchmal kaum aushalte. Ihr Weinen und Stöhnen. Die Schmerzen, die kein Medikament verjagen kann. Aber wer wäre ich, wenn ich sie verlassen würde? Bis dass der Tod uns scheidet, habe ich geschworen. Und daran halte ich mich.

Aber beten darf ich, dass es sich bald ändert. Auch wenn sie nie wieder laufen kann, wird es ihr hoffentlich neue Kraft geben, wenn ich ihr mein größtes Geschenk mache.

Morgen ist es so weit.

Eine dritte Nacht auf der Straße schaffe ich nicht. Es war ein Fehler, dass ich für einen Neuanfang so weit in den Norden gegangen bin. Hier kenne ich niemanden, das Winternotprogramm der Stadt ist überfüllt.

Zwar bin ich nicht mehr so fit wie damals in Wien. Noch nicht mal so fit wie zuletzt in München – wo ich im Knast gelandet bin.

Aber die Rothaarige ist leichte Beute, beruhige ich mich. In meiner aktiven Zeit habe ich sie in Klassen von eins bis fünf eingeteilt. Die Rothaarige ist eins plus. Fast zu gut, um wahr zu sein! Aber nur fast ... Falls sie heute wieder auftaucht, um ihrer Shoppingsucht zu frönen, mache ich es. Und wenn sie nicht kommt, suche ich mir jemand anders. Was habe ich für eine Wahl?

Das Schicksal meint es offenbar gut mit mir. Auch wenn es kaum zu glauben ist: Als hätte ich sie mit der Kraft meiner Gedanken bestellt, schlüpft sie wenig später durch die Drehtür. Bestimmt eine Stunde früher als zuletzt. Tüten hat sie heute nicht dabei. Umso besser, dann hat sie noch kein Geld ausgegeben und ihr Portemonnaie ist besonders fett.

Glücklich sieht sie nicht aus, denke ich, während sie näherkommt. Sie hat Augenränder wie ein Pandabär, die Wimperntusche ist verschmiert, als hätte sie geweint. Kurz sticht mich ein schlechtes Gewissen. Aber um Geld trauert sie bestimmt nicht, sie hat genug, das habe ich ja gesehen. Und nur das will ich ihr nehmen.

Ich spreize abwechselnd meine Finger und balle Fäuste. Lockerungsübungen, gleich muss es blitzschnell gehen. Der Plan: Ich lasse sie ein Geschenk aussuchen, sie beugt sich über den Sack und dann – zack!

Doch den Blick streng geradeaus gerichtet, läuft sie an mir vorbei und ignoriert mein Rufen. Anstelle der üblichen Stöckel trägt sie Turnschuhe. Das Portemonnaie ragt leuchtend wie eine überreife Frucht aus ihrer Manteltasche.

Ich lasse den Sack und zwei kleine Mädchen stehen und flitze los. Nicht, dass ich sie aus den Augen verliere und jemand anders sich die fette Beute schnappt.

Auf der Rolltreppe sieht sie sich zum Glück nicht einmal um. Trotzdem halte ich Sicherheitsabstand. Mein Herz rast.

Oben angekommen, verschwindet sie im Treppenhaus zum Parkdeck. Ist dort überhaupt schon etwas los? Der Weihnachtsmarkt öffnet erst um zwölf, wie der Aufsteller neben der Tür verkündet.

Ich warte einen Moment, bis ich die Tür am Ausgang zuschlagen höre. Dann folge ich ihr.

Kalt bläst mir der Wind entgegen. Niemand da, die Buden sind verschlossen. Wo ist die Rothaarige? Suchend gucke ich mich um.

Da verschwindet ein letzter Zipfel ihres Mantels hinter der Fischbude. Ich laufe hinterher. Und stocke.

Am Rand des Parkdecks schwingt sie ein Bein über das niedrige Geländer. Sie will doch nicht etwa herunterspringen?

»Halt! Nicht!« Ich renne los.

Kurz bevor ich sie in meine Arme reißen kann, spüre ich den Schlag.

Ich lehne mich übers Geländer und blicke hinunter. Das Geschrei der Menschen auf dem Bürgersteig dringt bis zu mir herauf. In ihrer Mitte liegt mein Geschenk an Nike: der tote Weihnachtsmann.

Ich habe das Video mit ihm gedreht, um Nike aufzuheitern. Hätte ich geahnt, wer er ist! Aber ich bin ja damals in Wien nicht dabeigewesen. Als sie gesehen hat, wie ich ihm den Bart abgezogen habe, hat sie geschrien: Das Feuermal! Ganz sicher war sie sich, dass er es war, der sie im Gerangel um ihr Portemonnaie vor den einfahrenden Zug gestoßen hat.

Die ganze Nacht habe ich sie im Arm gehalten und gewiegt. Sie ließ sich nicht beruhigen. Da ist der Plan in mir gereift.

Die Tüten habe ich im Villenviertel aus dem Altpapier gefischt, schicke Klamotten von früher, als wir noch ausgegangen sind, aus dem Keller geholt, die Perücke gekauft und dick Schminke aufgelegt. Das mit dem Hummer ging ins Geld. Genauso wie das viel zu große Portemonnaie. Aber der Protz war nötig, um ihn zu ködern.

Ich habe versucht, ihn vom Springen abzuhalten, werde ich sagen. Wer will das Gegenteil beweisen? Niemand hat uns gesehen. Eine Kamera gibt es hier oben nicht.

Als ich mich umdrehe, um hinunterzugehen, steht da ein Kind. Der blonde Junge, der ihm vorgestern den Bart abgerissen hat.

Sowie ich auf ihn zugehe, rennt er weg.

»Mama!«, schallt sein Rufen aus dem Treppenhaus. »Die Frau hat den Weihnachtsmann übers Geländer geschubst!«

Regina Schleheck

Wenn der Postbote zweimal klingelt

Am Morgen klingelte es. Ich beugte mich über das Geländer und erschrak. Ein puterrotes Gesicht mit grimmigem Ausdruck, umrahmt von grauen Haaren, starrte mich an. Ein Mann in gelber Postjacke keuchte die Treppe herauf, hielt mir ein Päckchen hin und tat, als sei die Tatsache, dass ich im vierten Stock wohnte, ein persönlicher Affront.

Ich hob abwehrend die Hände. »Ich hab nichts bestellt.«

»Ihr Name steht aber drauf«, sagte er nach einer schnellen Vergewisserung am Namensschild neben der Tür und setzte nach: »Nu zieren Sie sich nicht so, junge Frau!«

Da Frauen im Rheinland üblicherweise zunächst als *Mädchen*, mit steigendem Alter als *junge Mädchen*, *Frauen* und schließlich *junge Frauen* bezeichnet werden, konnte ich seine Anrede getrost als Unverschämtheit verbuchen. Immerhin hatte ich meinen Haar- und Bauchansatz noch unter Kontrolle.

Ich beäugte das Gebinde aus sicherem Abstand.

Sein inneres Augenverdrehen war unüberhörbar: »Da ist auch keine Nachnahme drauf!«

»Und wenn die Rechnung drin ist?«

Da setzte er das Päckchen auf das Treppenhauspodest, zückte ein Schneidemesser und hielt es mir unter die Nase.

»Gucken Sie schon nach! Ich will es nicht wieder mitschleppen, bloß weil Sie sich weigern, es anzunehmen!«

Er schnaufte laut.

Ich nahm das Gebinde in die Hand. Kaum zwanzig Zentimeter hoch, rechteckig, es wog nicht viel. Die Absenderadresse links oben: mein Arbeitgeber a. D. Vorsichtig schlitzte ich es auf und fand ein Kärtchen. Für fünf Jahre Treue blablabla! Dazu eine Flasche aus dem Pflegesortiment *Für die reife Frau*. Mühsam unterdrückte ich das Zittern in meinen Händen. Im Frühsommer hatte die Woolworth-Filiale Kleve mich wegrationalisiert. Die Personalabteilung wohl gleich dazu, sodass ich immer noch auf der Gratifikationsliste stand.

»Zufrieden?«, grinste der Postbote mit Blick auf die *reife Frau* und steckte das Messer wieder ein.

»Danke«, sagte ich, ließ das Ding in den Karton fallen und hastete in die Wohnung. In der Küche schleuderte ich die Flasche mit einem Wutschrei an die Wand, sodass sie krachend zersplitterte. Es war mir egal, ob der Paketfritze es hörte.

Auf der Suche nach einem neuen Job klapperte ich mit dem Fahrrad die Klever Kaufhäuser, Büros und Cafés ab. Dann die umliegenden Orte. In Emmerich wies mir der Geruch den Weg zur Schokoladenfabrik Lohmann. *Aushilfe zur Endkontrolle gesucht*, stand im Schaukasten neben dem Fabriktor.

Es sei nur eine befristete Arbeit, warnte mich der Vorarbeiter, der mich einwies. Der in der Werkhalle wabernde süße, sinnbetäubende Schokoladenduft stand in merkwürdigem Widerspruch zum sterilen Äußeren der Produktionsstätte. Transportbänder, Edelstahlkessel und Glaskabinen, in denen Mitarbeiter in weißen Kitteln Messgeräte überwachten, erinnerten eher an ein gigantisches Labor als eine Stätte sinnlicher Genüsse, ein süßes Schlaraffenland.

»Es gibt ein Bruch-Deputat«, sagte der Mann, anscheinend mit den irritierten Reaktionen von Neuankömmlingen vertraut, die sich, vom Geruch magisch angezogen, mit einem Fließbandszenario konfrontiert sahen, das am Ende genauso gut Tangas oder Toaster hätte ausspucken können. Er führte mich zu einer Maschine, aus deren Öffnung in Stanniol gewickelte Weihnachtsmänner auf ein Band kullerten, das sie zu einer Reihe von Pappschachteln schob, in die sie plumpsten, immer fünf nebeneinander. Wenn ein Karton voll war, schob der nächste sich vor. Weiter hinten wurden Deckel darübergestülpt. Dann erreichten sie eine andere Halle. »Die Stanniolmaschine muss nachjustiert werden. Sie produziert zu viel Bruch«, erklärte er. »Der Ingenieur ist da dran. In der Zwischenzeit brauchen wir eine Endkontrolle. Ihre Aufgabe ist, die Jungs in den Kartons kurz abzutasten, ob sie in Ordnung sind. Klar?«

Ich nickte.

»Es ist nicht ohne«, sagte er. »Immer locker in den Fingern bleiben!« Er klopfte mir auf die Schulter und ging.

Ich fischte die Weihnachtsmänner aus den Kartons, befühlte sie mit flinken Bewegungen und legte sie wieder ab. Der Job war genau richtig für mich! Eine Figur nach der anderen hob ich hoch und strich über die Rundungen: so zierlich, leicht, glatt, fließend geformt und irgendwie ungeheuer reizvoll! Es begann mit dem leicht abgerundeten Zipfel, dann wölbte die Mitte sich unter meinen tastenden Fingern, um sich unten leicht zu verjüngen, während der Fuß wieder konvex zulief. Perfekt! Ich konnte genau spüren, wie zart der Kopf war, während der Leib sich kräftiger anfühlte und der massive Schaft aus einer dicken, druckfesten Schokoladenschicht bestand. Entsprechend gestaltete ich den Bewegungsfluss, streichelte über die Mütze, fühlte mit etwas Druck den schwellenden Körper, legte ihn ab, griff den nächsten und erforschte seine Form mit den Fingerspitzen.

Der Ausschuss hielt sich in Grenzen. Vermutlich war die Mechanik im Inneren der Maschine nur eine Spur zu fest eingestellt. Während ich die Figuren abtastete, stellte ich mir die Schablone drinnen vor, die sie in einer Bewegung umfassen konnte, jede Aus- und Einbuchtung packend, das Stanniol passgenau anpressend, und war neidisch. Wie gern hätte ich jedes Detail auf einmal gespürt!

Gewiss, das Abtasten hatte seinen eigenen Reiz. War nicht schon in der Spitze die Verheißung auf die ansteigende Wölbung des Mannes zur Mitte hin angelegt? Wies der ausladende Bauch nicht schon auf die Verjüngung zwischen Gesäß und Stiefeln hin? Ist es nicht die Vorahnung, die Erwartung, die uns zur höchsten Ekstase treibt? Gier stieg in mir auf. Je mehr Weihnachtsmänner durch meine Hände gingen, desto größer wurde sie, die Lust, den nächsten und übernächsten zu packen, zu ertasten. Wie ein unstillbarer Hunger überkam es mich. Meine Finger flogen über die Körper – ah, dieses Stanniol! Knisternde Verheißung! Unter meinen streichelnden Bewegungen schmiegte sich die Aluminiumfolie wie eine zweite Haut an die Schokolade. Was sage ich? Es war die Haut! Darunter war der Mann völlig nackt, nichts als eine Masse, die unter dem warmen Händedruck dahin schmölze, wenn ich nur ein wenig länger drückte ...

Knacks!

Das Geräusch war unhörbar unter all dem Dröhnen und Schnurren in der Halle. Dennoch zuckte ich zusammen und schaute mich verstohlen um.

Ich hatte es deutlich gespürt. Das Knacken, als der Brustkorb zwischen meinen Fingern nachgab. Die Lust!

Widerstrebend ließ ich den Mann in die Kiste für den Bruch plumpsen. Der nächste Karton zog vorbei. Ich arbeitete hastig weiter, fasste nach der nächsten Figur. Mir bloß nichts anmerken lassen. Sie blieb kalt unter meinen Fingern. Ein Hohlkörper, nichts weiter. Die nächste. Noch eine. Ich versuchte, mich auf andere Dinge zu konzentrieren. Das Dreckswasser, wenn ich bei »Woolworth« den Putzlumpen auswrang. Den beißenden Pissoirgeruch, während ich mit der Klobürste die Toiletten traktierte. Ein Karton, zwei Kartons, zehn Kartons. Alles im grünen Bereich. Die Arbeit ging mir leicht von der Hand.

Die Finger erwärmten sich. Das Stanniol knisterte, die Leiber wölbten sich, blähten sich wollüstig meiner Hand entgegen, aber ich hatte alles unter Kontrolle, tastete sie ab und legte sie weg, einen nach dem anderen. Sie gierten danach, dass ich sie umfasste, drückte, von ihrer Lust erlöste, aber ich gab dem Drängen nicht nach.

Da! Eine gerissene Aluhülle! Der nackte braune Körper darunter entblößt! Ehe ich mir dessen bewusst wurde, krallten sich meine Finger in das Stanniol, in die Schokolade, zerquetschten sie. Der unterdrückte Trieb entlud sich wie ein Rausch. Sein Nachbar! Knacks! Der nächste! Knacks! Ich griff in die Leiber und gab ihnen, was sie haben wollten. Fühlte das Stanniol reißen, die Hohlkörper brechen, die Bruchstücke zerbröseln, die Krümel auf meinen Handflächen schmelzen. Führte die zerstörten Formen zum Mund, küsste sie, schmeckte Alu und Schokolade, biss zu, spürte den metallisch-süßlichen Geschmack an den Zähnen, meine Hände flogen, ich jauchzte, griff wieder zu. Knacks! Knacks! Knacks! Sie gehörten alle mir! Meine Schreie übertönten die Maschinen, alle Geräusche. Ich schrie und schrie und ließ mich treiben in einem Meer von brechender Schokolade und knisterndem Stanniol ...

Immerhin wurde ich hervorragend verpflegt in der Klinik. Im Nachhinein kann ich kaum sagen, ob es zwei oder drei Wochen waren. Erst spritzten sie mir alle paar Stunden irgendein Zeug, das mich schläfrig machte. Dabei hatte ich sofort zu schreien aufgehört, als die Weißbekittelten herbeigeeilt waren. Aber als sie mich von dem Schokoladenschlachtfeld zerrten, heulte vor dem Tor die Sirene des Krankenwagens.

Irgendwann hörten sie mit den Spritzen auf und gaben mir Pillen, die ich unter der Zunge aufbewahrte, bis ich sie ins Klo spucken konnte. Von da an durfte ich auch auf den Balkon, der bis oben hin vergittert war. Jeden Nachmittag wurde ich eine Stunde von einer Frau mit Hornbrille verhört, deren Augen mich winzig, wie aus ganz weiter Ferne, hinter dicken Gläsern musterten.

Ob es in der Familie bereits Auffälligkeiten gegeben habe?

Ich zuckte die Schultern und schwieg.

Schwachsinn oder Epilepsie?

Schweigen.

Sie begann, mit dem Kuli auf die Tischplatte zu klopfen. Anderes? Vernachlässigung? Das Verhältnis zu meinen Eltern?

Ich sah ein, dass ich ihr etwas anbieten musste, damit sie Ruhe gab. »Meine Mutter lebt in den USA. Meinen Vater kenne ihn nicht. Er war des Teufels«, vertraute ich ihr an.

Das elektrisierte sie. Ob er ähnliche – ob ich als Kind schon solche Ausfälle gehabt hätte?

»Nicht, dass ich wüsste.«

Wieso Schokolade? Wann ich Schokolade kennengelernt hätte?

»Am siebten April 1985.«

Stutzen. Wieso ich das Datum so genau wüsste? Ob es vorher nie Schokolade gegeben hätte?

»Es war Ostersonntag. Mein Geburtstag. Ein Test.«

Wer mir die Schokolade gegeben hätte?

»Meine Mutter.«

Blättern in den Papieren. Meine Mutter sei kurz nach meinem einundzwanzigsten Geburtstag ausgewandert?

Da hielt ich mir die Ohren zu.

Als meine Mutter mir an dem Geburtstagsmorgen den Schokoladenhasen anbot, dachte ich, es gehörte zum Erwachsenwerden dazu. Aber kaum hatte ich ihn im Mund, schimpfte sie mich die Tochter meines Vaters. Der gleich nach meiner Zeugung die Gemeinschaft der Kinder Jerusalems verlassen hatte. Alles hätte sie seitdem getan, mich von der Sünde fernzuhalten: keine Geburtstagsfeier, kein Ostern, kein Weihnachten, keine Bücher, kein Fernsehen, keine Gaumenfreuden. Schon gar kein Sex, als ich in das Alter kam. Und nun das! Sie werde sich den

Brüdern und Schwestern in Chattanooga anschließen. Mich meinem Schicksal überlassen.

Die Schokolade hatte tatsächlich gar nicht schlecht geschmeckt. Aber anschließend war mir übel.

Ich stand auf. »Ich will auf mein Zimmer.«

Durfte tatsächlich gehen. Aber erst, nachdem sie mir eine weitere Woche lang alles über meine nicht vorhandenen Kontakte und wechselnden Arbeitsverhältnisse aus der Nase gezogen hatten, ohne irgendetwas Verwertbares zu finden, ließen sie mich wieder laufen.

Zwei Tage lang verkroch ich mich in der Wohnung. Die vertraute Lähmung! Wie nach dem Bruch mit meiner Mutter, als ich nächtelang wach lag. Immerhin hatte ich es geschafft, hatte überlebt, eine Unterkunft und Jobs gefunden. Besaß sogar ein Tablet.

Die Klingel schwieg eisern. Die Frau mit der Hornbrille schickte mir nichts hinterher, nicht mal eine Pillenschachtel. Ich wagte vorsichtige Streifzüge durch die Stadt. Hielt Ausschau nach einer Möglichkeit, ein paar Euro zu verdienen. Ein bisschen Geld hatte ich in der Zuckerdose gefunden. Lange würde es nicht vorhalten.

In der Kavarinerstraße schlug mir wieder der Geruch entgegen, der meine Nackenhärchen in Habachtstellung brachte. *Schokoladenmacherei* las ich auf einem Schaufenster. Mein Blick saugte sich an dem Signet fest: ein dunkler Schwan, dessen Rücken eine geöffnete Kakaofrucht darstellte. Er lockte mit verführerisch geschwungenem Hals. Der danach gierte, umfasst, gestreichelt zu werden ...

Als ich zu Hause war, klebten mir die Kleider am Leib. Ich setzte mich ans Tablet, googelte, stieß auf ein Werkstattkursangebot und meldete mich sofort an: *Lernen*

Sie die Kunst der Schokoladenmacherei. Stellen Sie Pralinen und andere Köstlichkeiten selbst her. Erfahren Sie Wissenswertes im praktischen Umgang mit dem braunen Gold …

Am Samstag begab ich mich in die Kavarinerstraße. Als ich abends erschöpft ins Bett fiel, hatte ich den süßherben Schokoladengeschmack noch auf der Zunge, den Duft in der Nase, und meine Fingerspitzen vermeinten noch, die glatten Oberflächen der Pralinen zu fühlen, die je nach Dauer und Heftigkeit meiner Berührung sanft schmelzend oder mit aufregendem Knacken nachgaben. In meinen Träumen erreichte ich ekstatische Höhen, die ich beim Aufwachen nicht in Bildern wiederzugeben vermochte. Mein Körper fühlte sich derart selig-ermattet an, als hätte ich die ganze Nacht in Liebestaumeln geschwelgt.

Ungeachtet meines Kontostands orderte ich im Internet Zutaten, Gewürze, Gussformen und ein Temperiergerät. Drei Tage später klingelte der Postbote wieder. Diesmal tat er mir tatsächlich leid. Trotz mittäglicher Schwüle trug er seine gelbe Uniformjacke. Der Schweiß stand ihm in glitzernden Perlen auf der Stirn. Das Gebinde, das er mir entgegenstreckte, war deutlich schwerer als das mit der Pflegelotion. Ich bot ihm etwas zu trinken an. Er nahm schnaufend am Küchentisch Platz und zog das Schneidemesser aus der Jacke. »Na, dann wollen wir mal sehen, ob diesmal auch wieder so was Schönes drin ist, junge Frau!« Er grinste. Ich spürte, dass ich rote Ohren kriegte. Natürlich hatte er meinen Wutausbruch letztes Mal gehört. Um Gelassenheit ringend, schlitzte ich das Paket auf und entnahm ihm die bestellten Köstlichkeiten und Geräte. Seine Augen wurden rund.

»Na, Sie sind mir ja eine ganz Süße«, sagte er. »Das reinste Verführungssortiment! Ihr Freund wird sich freuen!« Er hielt ein Edelstahl-Schablonenset mit Herzmotiven hoch.

»Ich habe keinen Freund«, sagte ich, nahm ihm die Schablonen aus der Hand und hielt ihm das Glas hin, das er unberührt vor sich stehen gelassen hatte. »Ihr Wasser!«

Er grinste eine Spur breiter: »Na, dann verstehe ich ja besser, dass die Pferde mit Ihnen durchgehen! In Ihrem Alter braucht man doch von Zeit zu Zeit einen kräftigen Stoß, was?!« Er griff nach dem Glas, fasste es aber so, dass er meine Hand festhielt. »Als Postbote muss man in dieser Hinsicht ja immer wieder mal einspringen!«

Unter dröhnendem Gelächter griff er mir mit der Linken ans Gesäß und knetete es kräftig durch. In jäher Wut versuchte ich, ihm gegen den Widerstand seiner Hand das Wasser mit einer heftigen Bewegung ins Gesicht zu schütten, aber das Glas zersprang zwischen meinen Fingern, die Scherben schnitten mir ins Fleisch. Während ich von dem plötzlichen Schmerz wie gelähmt auf meine Hand starrte, aus der Blut auf die Scherben und die Wasserlache auf dem Küchentisch tropfte, stand er lachend auf, kniff mich im Weggehen in die Brust und meinte: »Du hast Feuer im Hintern! Das gefällt mir! Wir kriegen noch Spaß miteinander!«

Die Tür fiel ins Schloss, ehe ich mich gefasst hatte und ihm das Schneidemesser hinterher pfeffern konnte. Die Spitze blieb im Türblatt stecken.

Die Lähmung, die mich in den nächsten Tagen wieder zu bannen drohte, hatte diesmal keine Chance gegen die Wut, die in meinem Bauch gärte. Und diese Wut hatte ein Ziel.

Ich schmiedete Pläne, verwarf sie, ließ sie in veränderter Gestalt wiederaufleben. Studierte Rezepte, berechnete Zutaten, suchte Apotheken auf, machte mich in Foren schlau, knüpfte Kontakte in der pharmazeutischen Grauzone. Dann gab ich eine größere Bestellung bei dem Schokolieferanten auf.

Das Klingeln war Musik in meinen Ohren. Ich kostete es aus. Erst nachdem er ein zweites Mal geklingelt hatte, drückte ich die Türöffner-Taste.

Erwartungsvoll lächelnd empfing ich ihn im Türrahmen, mit einem tief ausgeschnittenen Sommerkleidchen angetan, einem Hauch von Rouge und Parfüm bewehrt. Wenn er bis dahin auch nur die mindeste Befürchtung gehegt hatte, musste dieses Empfinden bei meinem Anblick dahinschmelzen wie Schokolade in der Sommerglut. Genau so war es. Sein dickes Gesicht zeigte ein geradezu dümmliches Grinsen, als er die letzten Schritte auf mich zukam. Ich winkte ihn an mir vorbei in die kühle Wohnung: »Haben Sie ein paar Minuten für mich?«

»Na, wer sagt's denn?«, entgegnete er zufrieden, ließ das Paket auf den Tisch und sich auf den Stuhl plumpsen, den ich ihm anbot.

»Ich habe eine Schokoladenspezialität für Sie«, sagte ich.

Er lachte heiser. »Na, da bin ich ja gespannt!«

Ich hantierte fieberhaft, mischte Kakao und Zucker im Verhältnis zwei zu eins, fügte einen halben Teelöffel Zimt, je eine Messerspitze Nelkenpulver sowie Chili und anderthalb Löffel Vanille hinzu, verquirlte die Mischung mit Wasser und brachte das Ganze zum Sieden. Während ich mich hin- und herbewegte, drückte ich das Kreuz durch und wiegte mich in den Hüften, seinem

Blick Nahrung bietend. Ich füllte zwei Tassen. In die linke ließ ich unbemerkt einige Tropfen aus einer kleinen Ampulle fallen, bevor ich mich umdrehte und mit strahlendem Lächeln auf ihn zuschritt.

Er schnupperte, nickte anerkennend und kostete vorsichtig. »Na, das ist ja ein Scharfmacher!«, sagte er und langte mit der freien Hand nach mir.

Ich wendete mich dem Paket zu und schlitzte es mit seinem Schneidemesser auf, dem Griff unverfänglich ausweichend. Ich hätte ihm das Messer jederzeit ins Gesicht gerammt, wenn er mir zu nahegetreten wäre. Aber er schien sich seiner Sache sicher.

Ich hörte ihn den Kakao schlürfen, bis das Geräusch auf einmal verstummte und ein dumpfer Plumps zu hören war. Er war mit dem Kopf auf den Tisch gesackt.

Ich verlor keine Sekunde, zerrte ihn vom Stuhl und die Kleider von seinem Leib, die ich sauber zusammengefaltet beiseitelegte. Seinen weißen Körper bahrte ich auf dem Küchenfußboden auf, die Beine ausgestreckt nebeneinander, die Hände am Körper. So lag er in aufrechter Haltung, nur der Bauch wölbte sich mächtig in die Höhe, als krönendes Hochplateau inmitten einer lang gezogenen, wellenförmig ansteigenden Gebirgslandschaft auf Linoleum.

Dann widmete ich mich Töpfen und Zutaten, Löffeln, Pinseln, dem Temperiergerät, mischte, rührte, erhitzte, verstrich, arbeitete ruhig und konzentriert, genoss die langsam in mir aufsteigende Erregung, ohne mich ihr auszuliefern, gestattete ihr Stück für Stück, von meinem Körper Besitz zu ergreifen, spürte meinen Herzschlag wummern, meine Haut kribbeln, die Härchen sich aufrichten, meine Ohren rauschen, meine Finger zucken, meine Brustwarzen hart werden, meinen Schoß heiß, atmete tief durch und machte weiter.

Stück für Stück verwandelte ich den Postboten in einen Schokoladenweihnachtsmann. Begann an den Füßen, die ich mit brauner Masse überzog, bis die Zehen zu einer fließenden Form verschmolzen, setzte mein Werk an Knöcheln und Waden fort, konvex, konkav, verpackte die zum Gesäß hin anschwellenden, strammen Oberschenkel in Kuvertüre, ließ den Schokoladenberg in der Mitte wachsen, nicht ohne ein leises Bedauern, dass ich die appetitlichen Pobacken meines Postlers leider aussparen musste, weil er doch darauf ruhte. Ich massierte die Masse zum gewölbten, mit einem vorwitzigen Nabelknübbelchen gekrönten Gipfel hin und ließ sie abwärts gen Brustkorb auslaufen. Die Arme gestaltete ich zu seitlich anliegenden braunen Wülsten, die an- und abschwellende Form ihrer Muskeln genüsslich nachempfindend. Ah, diese Schultern! Der fließende Übergang zu dem filigranen Hals mit der pochenden Ader! Die zuckende Gier in den Fingerspitzen!

Immer noch beherrschte ich mich, atmete tief durch, vollendete mein Werk, indem ich den Kopf mit Schokolade bedeckte, lediglich einen Spalt zwischen den Lippen und die Nasenlöcher aussparend. Als ich die Spitze ausstrich, krampfte meine Hand jäh und krallte sich hinein. Wieder riss ich mich zusammen, strich die noch weiche Masse sanft über die Nasenflügel aus, bis es schließlich nichts, aber auch gar nichts mehr zu bedecken gab, abgesehen von der rückwärtigen Seite des Postboten. Ich erhob mich, drückte das schmerzende Kreuz durch, streckte die Glieder, räumte die Geräte beiseite und genoss den Anblick der braunen Skulptur auf dem

Küchenfußboden. Eine Schokolade gewordene Mannsfigur in vollendeter Schönheit.

Ich wärmte meinen Kakaotrunk wieder auf und kostete die süße Verführung Schlückchen für Schlückchen, den Anblick vor mir genießend. Heiß, scharf und lieblich zugleich erfüllte es mich wie Ambrosia, durchflutete mich ein unbeschreibliches Glücksgefühl, dem ich nun endlich Raum geben würde!

Ich stellte die Tasse beiseite und kniete mich neben das überdimensionale Schokorelief, streichelte es sanft von Kopf bis Fuß, spürte meine Erregung zunehmen, gab ihr nach, ließ sie in mir aufwallen, machte ihr in zunehmend heftigerem Streicheln Luft. Die kühle harte Form! Darunter das nackte Fleisch! Diese Gier, ach!

Meine Finger griffen in die Erhebungen, krallten sich in Nase, Schultern, Arme, flogen über den Leib, spürten die Kuvertüre knackend aufbrechen, den weichen Widerstand darunter, in den meine Fingernägel krallten, Schokoladenstücke abrissen, mein Mund grub sich in die Masse, die Zähne brachen den süßen Widerstand, bissen sich fest, meine Zunge gierte nach den absplitternden Brosamen, ich warf mich mit meinem ganzen Körper auf die aufbrechende Köstlichkeit unter mir, schrie, stöhnte, wälzte mich, leckte, schluckte, biss, bis ich schließlich grenzenlos ermattet, mit geschlossenen Augen, schwer atmend in der klebrig-braunen Fülle zu versinken vermeinte.

Ich schleppte mich ins Bad, ließ die Wanne mit heißem Wasser volllaufen, in dem ich wohlig untertauchte und meine Glieder massierte, bis das letzte bisschen Braun abgewaschen war. Erfrischt kehrte ich in die Küche zurück und machte mich mit Eimern und Lappen über den Postboten her, schrubbte ihn ab, bis auch er blitzsauber und, abgesehen von einigen Kratzern und Bissspuren, unversehrt auf dem blank gewienerten Linoleum lag. Dann leerte ich sein erfreulich gut gefülltes Portemonnaie und spülte Geräte und Geschirr. Nur ein zarter Schokoladengeruch in der Luft erinnerte noch an den zurückliegenden Exzess.

Es dämmerte bereits, als mein Postler die Augen aufschlug und sich stöhnend den Kopf hielt. »Wo ... was ist los?«, fragte er und griff verwirrt nach der Kleidung, die ich auf seinem Bauch deponiert hatte.

Ich strahlte ihn an. »Du warst total süß«, sagte ich.

»Aber ...«, stammelte er, rappelte sich auf, schwankte, kämpfte mit seiner Kleidung. »Wie spät ist es denn?« Er hastete in Richtung Tür, ohne eine Antwort abzuwarten.

»Halt! Das Messer!«, rief ich.

Er ließ es sich aushändigen, zögerte, gab sich einen Ruck und meinte: »Na, dann ...«

»Adieu!«, rief ich.

Die Tür schlug zu, schwere Schritte entfernten sich, ein paar Mal rumste etwas gegen die Wand. Die Haustür krachte.

Schade eigentlich, dachte ich. Wenn er noch einmal käme, würde ich ihn zuerst so richtig anmachen! Sein bestes Stück war doch arg schlapp unter dem mächtigen Bauch ausgefallen. Ich stellte mir die steil aufragende Schokoladenstele am Fuß des Bauchbergs vor. Zum Anfassen, nein, Anbeißen aufregend! Das Wasser lief mir im Mund zusammen, und meine Kiefer begannen, gierig zu mahlen.

Cornelia Härtl

Zum Teufel mit dem Weihnachtsmann

Ich konnte diesen langen weißen Bart nie leiden. Zu kratzig, außerdem müffelt er jedes Jahr mehr. Aber das gehört eben dazu. Was wäre schon ein Weihnachtsmann ohne Bart? Heute muss er noch gehen, danach ist ein neuer fällig. Aus dem Radio dudelt *White Christmas*, und ich denke, dass das dieses Mal etwas werden könnte mit der weißen Weihnacht. Schon seit den frühen Morgenstunden schneit es. Sanft zwar nur, aber immerhin. Eine passende Kulisse für mich und das, was ich zu erledigen habe. Endlich sitzt der Bart, auch die buschigen Augenbrauen sowie Perücke und Mütze. Prüfend betrachte ich mein Spiegelbild. Dicke Stiefel, roter wadenlanger Mantel, eine Bauchattrappe. Perfekt.

Ich greife nach dem alten Kartoffelsack, schüttele ihn auf und lege mit grimmigem Grinsen die Geschenke hinein. Drei Adressen stehen dieses Jahr auf meiner Liste. Zu einem späten Abendessen bin ich wieder zu Hause. Ich freue mich jetzt schon auf den guten Rotwein, der auf der Anrichte wartet. Gern hätte ich vorab einen Schluck getrunken. Aber erst kommt die Arbeit, dann das Vergnügen. Beim letzten Schlag der Turmuhr von der nahe gelegenen Kirche verlasse ich meine Wohnung in einem anonymen Wohnblock. Fahre in die Tiefgarage, wo ein unauffälliger dunkelblauer Kleinwagen steht.

Im Licht der Straßenlaternen taumeln die Flocken zu Boden, verschmelzen auf dem feucht glänzenden Asphalt ineinander. In Vorgärten und auf Balkonen blinkt bunte Weihnachtsdekoration. Nach zwanzig Minuten vorsichtiger Fahrt habe ich mein erstes Ziel erreicht. Ich stelle den Wagen zwei Straßen entfernt davon ab. Im Rucksack klirrt es leise, als ihn mir über die Schulter lege.

»Ein Weihnachtsmann!« Der Junge steht plötzlich auf dem Gehweg vor mir. Er zeigt mit dem Finger auf mich. Die Mutter, unförmig in einem dicken Parka, greift lächelnd nach der Hand ihres Sohnes. »Der bringt jetzt allen, die brav waren, ihre Geschenke.«

»Will auch«, quengelt das Kind und schaut auffordernd zu mir herüber.

Glaub mir, meine Geschenke willst du nicht.

Ich gehe rasch an den beiden vorbei. Das fehlte gerade noch, dass der Knirps mich jetzt aufhält. Mein Zeitplan ist straff. Ein Blick in den Himmel bestätigt mich darin, alle Aufträge schnell zu erledigen. Es wird minütlich kälter, bald wird die Fahrbahn spiegelglatt gefroren sein.

»Entschuldigung!« Die Stimme der Mutter. Soll ich einfach weitergehen? Lieber nicht, das wirkt sicher merkwürdig.

Ich drehe mich zu den beiden um. Sie hat ihren Sohn stehen lassen und kommt eilig auf mich zu. Senkt die Stimme zu einem Flüstern. »Kann man Sie noch buchen? Kurzfristig? Unser Weihnachtsmann hat uns leider versetzt.« Sie verzieht den Mund, als habe sie in eine Zitrone gebissen.

Ich starre sie an. Schüttele den Kopf und versuche ein Grinsen. »Bin leider schon ausgebucht.«

»Oh.« Ihr Atem bildet eine kleine weiße Wolke. Sie zieht den Anorak vor der Brust enger zusammen. »Schade.« Endlich dreht sie um und geht zu ihrem Blag zurück. Ich stapfe eilig weiter. Bevor ich um die Ecke biege, blicke ich die Straße hinunter. Die beiden sind nicht mehr zu sehen. Gut so.

Ich straffe die Schultern und setze meinen Weg fort.

Im Vorgarten des Hauses weist nichts auf das bevorstehende Weihnachtsfest hin, in den Fenstern hängen weder Sterne noch brennen LED-Kerzen. Einzig ein aus Tannengrün geflochtener Kranz mit roten Miniäpfeln an der Tür gibt dem Anwesen einen weihnachtlichen Touch. Das sanfte Ding-Dong der Türglocke verspricht Harmonie. Der Mann, der die Tür öffnet, wirkt hingegen ziemlich angefressen.

»Ja?!«, lautet die unfreundliche Begrüßung. Der Hausherr, ein Buchhaltertyp, alles grau, steht wie ein Fremdkörper im goldfarbenen Licht der Dielenbeleuchtung und mustert mich von oben bis unten. »Hat meine Ex Sie engagiert?« Er lacht unfroh auf. »Da kommen Sie zu spät. Die ist fort und mit ihr meine Kinder.« Schon will er die Tür zuschlagen.

»Sind Sie Herr Hofer?« Ich nuschele, weil mir eine Bartlocke zwischen die Lippen gekommen ist. Welch überflüssige Frage. Ich überbringe Weihnachtsgrüße immer an alleinstehende Menschen und das Foto, das man mir geschickt hat, ist eindeutig. Genauso wie der Wunschzettel.

»Wer will das wissen?«

»Ich soll Ihnen ein Geschenk überbringen.«

Der Mann vor mir nickt zögerlich.

Ich blicke sichernd nach links und rechts, lasse den Sack von meiner Schulter gleiten, greife hinein und überreiche dem entgeisterten Hausherrn das Präsent mit den Worten »Frohe Weihnachten wünscht Eva.«

Nur kurz währt die Überraschung in seiner Miene. Danach starrt er einfach ins Nichts.

Gut gelaunt fahre ich zur zweiten Station dieses Heiligabends. Ein graues Haus, alle Fenster dunkel bis auf eines. Das Gartentor müsste mal geölt werden. Von wem auch immer. Als auf mein Klingeln hin die Tür geöffnet wird, trete ich überrascht einen Schritt zurück.

»Ja bitte?« Das Christkind trägt ein kurzes weißes Kleid und Lamettastrapse. Beeindruckender als das Outfit sind seine Augen. Heller Flieder, leichter Silberblick. Ich schlucke und frage mit heiserer Stimme nach der Frau, die hier wohnt.

»Meine Tante ist unpässlich.« Die Nichte fährt sich durchs glänzende Blondhaar, lächelt und zeigt dabei eine kleine Lücke zwischen den Schneidezähnen. Gleich darauf wird sie ernst. »Leider haben wir keine Zeit für Sie. Adieu.«

Die Tür fällt zu. Benommen gehe ich zum Wagen zurück. Verdammt! Offenbar hat die Alte nicht nur solche Angehörige, die auf das Erbe scharf sind. Was nun? Ich beschließe, später erneut vorbeizuschauen, sobald die dritte Grußbotschaft überbracht ist.

Doch auch dort wartet eine Überraschung auf mich.

»Schau mal, wer da kommt.« Die Frau, die mir die Tür

öffnet, ist vermutlich Ende zwanzig, Anfang dreißig. Die Haare wirr, die Jeans abgetragen, das T-Shirt bekleckert. Sie trägt ein kleines Kind auf der Hüfte, zu dem sie spricht. Das ist auf keinen Fall der siebzigjährige Misanthrop, der hier leben soll. Langsam werde ich sauer, ich weiß nur nicht auf wen oder was.

»Mama, Mama!«, schallt es aus dem Hausflur. Ein weiteres Kind.

»Ich weiß nicht, ob ich hier richtig bin ...«

Noch bevor ich zu Ende gesprochen habe, erhellt ein verständnisvolles Lächeln das Gesicht der Frau.

»Das geht vielen so.« Die Stimme gehört dem Mann, der jetzt zu uns tritt. Die Haare etwas zu lang, ausgeleierte Hosen, Holzclogs und ein weiteres Kind auf dem Arm. Er könnte als Jesus in einer Laienspielgruppe durchgehen. Die Mitglieder der Schmuddelfamilie schauen so mild, als könnten sie damit die Welt retten.

»Das hier ist der Platanenweg. Der andere Herr wohnt in der Platanenpromenade. Es kommt häufig zu Verwechslungen.« Gemeinschaftliches verstärktes Lächeln.

Mir wird gleich schlecht. »Also, dann ...« Ich muss ganz schnell hier weg.

»Moment!« Der Vater setzt sein unfrisiertes Kind ab, das mich, Finger im schokoladenverschmierten Mund, mit großen Augen anschaut. Was jetzt? Wollen Sie mir den Wachtturm in die Hand drücken? Schon ist der Mann zurück. Er hält mir einen dicken Umschlag entgegen. »Wenn Sie eh gleich dort vorbeischauen, können Sie das bitte mitnehmen? Post kommt eben auch immer wieder versehentlich bei uns an.«

Ich reiße die Wagentür auf, pfeffere Sack und Brief

auf den Beifahrersitz. Was für ein vergurkter Einsatz! Wenn das so weitergeht, verliere ich nicht nur mein Honorar, sondern auch meine Reputation in der Branche. Bevor ich einsteige, ertönt hinter mir eine Stimme.

»Hallo Fremder.«

Ich fahre erschrocken herum. Sie trägt jetzt einen dunklen Trenchcoat, die Hände sind in den tiefen Taschen verborgen. Ihr fliederfarbener Silberblick hat etwas Amüsiertes.

»Verfolgen Sie mich?« Der Sack mit den Geschenken liegt im Wagen, ich komme nicht dran. Sie an ihre hingegen schon. Ihre Antwort auf meine Frage besteht darin, dass sie die Rechte aus der Tasche zieht und mich in die Mündung einer Waffe blicken lässt. Schalldämpfer, eh klar.

Mir wird kalt und das liegt nicht am Wetter.

»Adieu.«

Schwingt so etwas wie leichtes Bedauern mit? Ich werde es nicht mehr erfahren, hart trifft die Kugel meine Brust und ich falle ins Nichts.

Langsam lichtet sich das Dunkel um mich herum. Mein Herz schmerzt. Wo bin ich und was tue ich hier? Auf einer Bank im Nirgendwo? Jemand sitzt rechts neben mir. Ich drehe den Kopf und schreie entsetzt auf. Der Krampus lacht sein entsetzliches Lachen. Heiß wie Feuer fegt sein Atem über mein Gesicht.

»Hast dich erschreckt, du Lump!«, krächzt er. Seine Augen durchbohren mich, die Hörner auf seinem Kopf sind so bedrohlich, dass ich abrücke. Gegen jemanden stoße.

»Hallo Fremder.« Ihre Stimme klingt so süß wie sie duftet – nach Honig.

»Du hast mich erschossen!«, schreie ich empört. Ihr Lachen dringt glockenhell an mein Ohr. »Jetzt bist du da, wo du hingehörst.« Die Fliederaugen verändern ihre Farbe, werden schwarz, das sanfte Gesicht verzieht sich zu einer gehässigen Maske.

»Genau!«, kreischt der Krampus. »Willkommen in der Hölle!«

Mit einem Schrei fahre ich aus diesem Albtraum auf. Und starre in das Gesicht einer Fremden.

»Da ist er ja wieder«, sagt sie gut gelaunt. Ihre schmale Hand drückt mich zurück auf das Bett.

»Wo bin ich?«, murmle ich.

»Im Krankenhaus. Man hat vor zwei Tagen auf Sie geschossen. Die Kugel hat Ihr Herz nur um wenige Millimeter verfehlt. Wir mussten Sie notoperieren, aber alles ist gut gelaufen. Sie hatten unsagbares Glück und besitzen eine beneidenswerte Kondition.«

»Mein Kostüm ... meine Sachen ...«, stammele ich.

»Ihr Kostüm hatten Sie an. Sonst – nichts bei sich. Wie ist denn Ihr Name?«

Ich schalte schnell, greife mir an den Kopf, so, als könne ich mich an nichts erinnern. Der Blick der dunklen Augen wird nachdenklich. »Die Polizei wird Fragen an Sie haben, jetzt wo Sie wieder bei sich sind. Aber nun ruhen Sie sich erst einmal aus.«

Die Polizei kann mich mal. Auch wenn der Sack mit meinen Waffen werweißwo ist, ist mir die Sache zu heiß. Kaum hat die Schwester das Krankenzimmer verlassen, erhebe ich mich. Mühsam und schmerzgepeinigt. Vor den Fenstern liegt die Nacht. Auf den Morgen kann ich nicht warten. Noch weiß niemand, wer ich bin. Das soll auch so bleiben. Ich schleiche mich hinaus in die Kälte, ein Weihnachtsmann, dem man an der Pforte freundlich zunickt. Zu Hause wandern Perücke, Mütze, Bart und Mantel in einen Müllsack. Ich schlucke ein paar Schmerztabletten und werfe mich aufs Bett, wo ich die nächsten Tage durchschlafe.

Der Schnee ist geräumt, die große Tanne am Marktplatz weg. Das neue Jahr ist angebrochen und ich gehe zum ersten Mal seit Weihnachten aus dem Haus. Es ist Abend und ich habe Lust, wieder am Leben teilzunehmen. Beinahe wäre es ohne mich weitergegangen. Die Schlagzeilen der letzten Woche schwirren durch meinen Kopf.

Der Weihnachtsmörder geht um!, lautet eine davon, *Rätselhafte Mordanschläge am Heiligabend* eine andere. *Ein Mann wurde erschossen auf den Stufen seines Hauses gefunden. Die trauernde Witwe, Eva H., ist untröstlich. Mehr Glück hatte eine alleinstehende ältere Frau. Auf sie wurde geschossen, doch hat die Kugel ihr Herz um Millimeter verfehlt. Genauso wie bei einem Unbekannten, der das Krankenhaus verlassen hat, bevor man seine Personalien feststellen konnte.*

Ich lächle grimmig und stoße die Tür zu einer Bar unweit meiner Wohnung auf. Stimmengewirr, Gläserklingen, leises Lachen, gedämpftes Licht. Eine asiatische Winkekatze auf dem Tresen soll Glück bringen. Ich setze mich woanders hin und bestelle einen Whisky. Starre in mein Glas. Nur Millimeter haben gefehlt. Bei mir. Und bei der Frau. Die ich hätte töten sollen. Der Wunschzettel eines der vielen Familienmitglieder, der oder die es nicht hatte erwarten können mit dem Erbe, war eindeutig gewesen. Offensichtlich gab es einen zweiten Auftrag. Und ich kam einer Kollegin in die Quere, einer Auftragskillerin, die erst ihren Job erledigt hat und mit mir einen unliebsamen Zeugen eliminieren wollte.

»Hallo Fremder!« Mir fällt vor Schreck beinahe der Whisky aus der Hand. Dann besinne ich mich. Ohne Perücke, falsche Brauen, Bart und Bauch bin ich nicht zu erkennen. Atme langsam aus. Die Fliederaugen nehmen mich gefangen. Der Silberblick, dem ich vermutlich mein Leben verdanke, ebenfalls. Ihre Lippen schimmern verführerisch, sie lächelt.

»Auch einen Whisky?«, frage ich.

»Warum nicht.« Ihre Stimme klingt etwas heiser und amüsiert zugleich.

Wir stoßen an und ich genieße den leicht torfigen Geschmack, der über meine Zunge rollt. Ich reiße den Blick von ihr los, lasse ihn durch den Raum voller Menschen gleiten. Durch die bodentiefen Fenster hinaus auf die Straße. Dort geht gerade jemand mit einem Weihnachtsmannkostüm über dem Arm vorbei.

»Der ist aber spät dran«, murmle ich.

Das Christkind lacht und legt mir die flache Hand auf die Brust. Genau auf die Wunde, nur wenige Millimeter neben meinem Herzen. Ihr Knie streift meins. Ihr Haar duftet nach Honig. Und dann sagt sie etwas, das ich erst verstehe, als sie es wiederholt.

»Zum Teufel mit dem Weihnachtsmann.«

Georg M. Oswald

Große Bescherung

Die Bescherung am Heiligen Abend ist für den engsten Kreis der Familie.

Derselbe erweitert sich am ersten Weihnachtsfeiertag um die Großeltern, die alle vier noch lebendig sind.

Diese werden am zweiten Weihnachtsfeiertag durch den Rest der Verwandtschaft verstärkt, der aus einem Großonkel nebst Sohn sowie einer weiteren Großtante besteht.

Die Anreise sämtlicher Gäste erfolgt gegen Mittag. Auch die vier Großeltern, die es sich am ersten Weihnachtsfeiertag nicht nehmen ließen, spätabends und in teilweise betrunkenem Zustand den Heimweg anzutreten, reisen heute erneut an, da sie gestern Abend keinesfalls im Hause übernachten wollten, wegen der Umstände, die das gemacht hätte.

Ab sieben Uhr morgens steht die Mutter Martha in der Küche und kümmert sich um die Gans.

Der Sohn Anton, der neun ist, fragt seine Mutter Martha, woher die Gans kommt.

Der Sohn Bernhard, der zehn ist, antwortet, bevor die Mutter den Mund öffnen kann: »Aus Polen.«

Der Sohn Anton verzichtet daraufhin auf eine weitere Nachfrage bezüglich der Herkunft.

Er will nicht den Eindruck der Unwissenheit in Bezug auf Selbstverständlichkeiten erwecken.

Stumm beobachtet er, wie die Mutter in die Körperöffnung der Gans hineingreift und einen Plastikbeutel herausholt, der das Herz, den Magen und die Leber des Tieres beinhaltet, alles gefroren.

Die Mutter greift ein weiteres Mal in die Gans hinein und holt einen Zettel heraus, auf dem etwas Polnisches steht. »Das ist die Garantie«, sagt die Mutter.

Vater Ludwig schenkt sich um zehn Uhr vormittags ein Weißbier ein. Das tut er sonst nicht, aber heute schon.

Mutter Martha sagt, dass es ein Kreuz ist: Lädt man die Verwandtschaft ein, ist es nichts, lädt man sie nicht ein, ist es auch nichts.

Der Sohn Anton fragt sich, wie sie das wissen kann, wo doch, seit er auf der Welt ist, die Verwandtschaft noch an jedem zweiten Weihnachtsfeiertag gekommen ist, sodass man gar nicht sagen kann, wie es wäre, wenn sie nicht eingeladen würde.

Im ganzen Haus riecht es nach der bratenden Gans und dem kochenden Blaukraut.

Die Söhne Anton und Bernhard sitzen unter dem Christbaum und spielen mit ihren Geschenken.

Beide sind schön angezogen mit ihren Bundlederhosen und karierten Hemden.

Sohn Anton hat sich vom Vater einen Zug für seine elektrische Eisenbahn gewünscht, einen TEE mit Lok.

Er hat drei Wagen bekommen, aber keine Lok. Der Vater sagt, das muss reichen.

Sohn Anton weiß, sein Vater würde ihm keine drei

Wagen schenken, wenn ihm nicht ein Großvater die Lok schenken würde.

Das sagt er natürlich nicht.

Er tut so, als verberge er seine Enttäuschung, um seinen Vater zu erfreuen.

Sohn Anton und Sohn Bernhard erwarten die Ankunft der Verwandten gierig, denn seit zwei Tagen werden sie ununterbrochen beschenkt und sind es daher bereits gewöhnt.

Am Heiligen Abend war die Bescherung der Eltern, am ersten Weihnachtsfeiertag war kleine Bescherung, weil sich die Großeltern die große Bescherung für den zweiten Weihnachtsfeiertag aufheben wollten, weil dann auch Großonkel Kurt, der Onkel Kurt genannt wird, mit seinem Sohn Walter und Großtante Sophie, die Tante Sophie genannt wird, dabei sind, sodass es sich lohnt.

Die Anreise der Verwandtschaft vollzieht sich um elf Uhr am Vormittag in Onkel Kurts goldfarbenem BMW.

Mutter Martha und Vater Ludwig gehen zur Einfahrt und nehmen die Begrüßung vor.

Diese gelingt ohne größere Schwierigkeiten, weil Oma Erika und Opa Schorsch noch nicht anwesend sind und deshalb die Anzahl der Rücksichten, Begrüßungsreihenfolge und -herzlichkeit betreffend, überschaubar bleibt, auch die angemessen gewichtete Verteilung von Respekt bereitet im Augenblick keine weiteren Probleme, sie erfolgt entsprechend der unausgesprochen bestehenden Rangfolge der Verwandten. Die Rangfolge lautet: Oma Rosemarie, Opa Eduard, Onkel Kurt, Tante Sophie, Walter.

Alles in allem betrachtet ist es nur gut, dass Oma Erika und Opa Schorsch mit der S-Bahn kommen, dann gibt es keine Reibereien.

Oma Rosemarie, Opa Eduard, Onkel Kurt, Tante Sophie und Walter kommen langsam ins Haus.

Die Damen schreiten voran, die Herren entladen den Kofferraum von Onkel Kurts goldfarbenem BMW, der die Bescherungsgegenstände birgt.

Sie kommen hinter den Damen her, alle drei mit mächtigen Paketen bepackt, die zum Schutz und zur Tarnung in Plastiktüten mit den Aufdrucken Woolworth, Kaufhof und Hertie gehüllt sind.

Die Damen verursachen zusammen mit Mutter Martha anhaltenden Begrüßungslärm.

Sohn Anton und Sohn Bernhard stehen erwartungsfroh lächelnd in der Haustür, Sohn Anton versteht nur die in höchster Tonlage gesprochenen Wörter: gell, ja, schön, Mühe, Freude, Martha, jedes Jahr.

Vater Ludwig ist wieder ins Haus gegangen, das Weißbier austrinken und Platz schaffen unter dem Christbaum für die große Bescherung.

In dem geräumigen Esszimmer hat Mutter Martha die Festtafel gedeckt, der Christbaum steht nebenan im Wohnzimmer.

An der Haustür angekommen, werden die Damen auch von Sohn Anton und Sohn Bernhard artig begrüßt. Als Erste Oma Rosemarie: »Grüß dich Gott, Oma Rosemarie!«

Beide machen, wie es die Mutter Martha verordnet hat, einen feschen Diener.

Oma Rosemarie fährt mit beiden Händen beiden durchs Haar und sagt: »Zwei ganz fesche Buben.«

Sohn Anton und Sohn Bernhard halten beide die Arme hinter dem Rücken verschränkt und grinsen gesund.

Dann geht es weiter: »Grüß dich Gott, Tante Sophie!«, fescher Diener, »Grüß dich Gott, Opa Eduard!«, fescher Diener, »Grüß dich Gott, Onkel Kurt!«, fescher Diener, »Servus, Walter!«

Oma Rosemarie übernimmt nun, indem sie sich neben dem Christbaum aufstellt, das Regiment.

Mutter Martha geht derweilen in die Küche und kümmert sich um die Gans.

Oma Rosemarie weist Opa Eduard und Vater Ludwig mit plötzlich dienstlicher Schärfe an, die Geschenke für die große Bescherung von den Plastiktüten zu befreien und unter dem Christbaum aufzubauen, jedoch nicht, bevor Sohn Anton und Sohn Bernhard durch mehrfaches, schnelles Händeklatschen verscheucht worden sind.

Sohn Anton und Sohn Bernhard laufen zu ihrem Zimmer, dem Bubenzimmer, das sich am Ende des Flurs befindet, der einen Knick macht, hinter dem man sich verstecken und luren kann.

Luren heißt bei Sohn Anton und Sohn Bernhard das verbotene Zuschauen bei etwas, das man nicht sehen darf.

Hinter dem Knick im Flur, den sie selbst das Lur-Eck nennen, bleiben Sohn Anton und Sohn Bernhard sofort stehen und postieren sich so, dass sie ins Wohnzimmer und zum Christbaum hinsehen können, selbst jedoch nicht als Lurer bemerkt werden.

Opa Eduard mault »jajajajaja!«, als Oma Rosemarie ihren Befehl zur Beseitigung der Plastiktüten erneuert.

Vater Ludwig ist derweil bereits auf allen vieren unter dem Christbaum.

Es werden zwei Geschenkpyramiden, die einander sehr ähneln, aufgebaut, indem Opa Eduard die aus den Plastiktüten gepackten Geschenkpakete Vater Ludwig gibt, der sie gemäß den Anweisungen der Oma Rosemarie auftürmt.

Die übrige Verwandtschaft sitzt unterdessen in den Wohnzimmersitzmöbeln und schaut.

»Walter, magst ein Weißbier?« fragt Mutter Martha, kurz aus der Küche kommend.

Walter mag ein Weißbier.

Nachdem Vater Ludwig und Opa Eduard Oma Rosemarie angezeigt haben, die Geschenkpyramiden seien fertig, verkündet diese, der sofortigen großen Bescherung stünde nichts mehr entgegen, sobald Opa Eduard nur endlich seinen Mantel ausgezogen und seinen Hut abgenommen habe. Da kommt Mutter Martha aus der Küche, Knödel und Blaukraut seien bald fertig, ebenso die Gans, und hält dagegen, eine große Bescherung sei erst möglich, wenn auch Oma Erika und Opa Schorsch anwesend seien.

Daraufhin schweigt Oma Rosemarie, ihr Gesicht trägt einen Ausdruck strenger Missbilligung.

In diesem Moment klingelt das Telefon, im Nachhinein lässt sich sagen: wie gerufen.

Mutter Martha hebt ab, sagt in längeren Abständen viermal kurz »ja« und hängt ein.

Sie spricht zu allen, vermeidet aber, Oma Rosemarie anzuschauen: »Oma Erika und Opa Schorsch kommen einen Zug später. Dem Opa Schorsch war nicht gut. Wir sollen mit der großen Bescherung schon anfangen, wenn es sein muss auch mit dem Essen.«

»Der war gestern wieder blau!« meldet sich mit hoher Stimme Tante Sophie.

»Gestern?«, fügt Oma Rosemarie schnippisch fragend an und sagt: »Wenn die nicht kommen, dann ist – wie ich gesagt hab – die große Bescherung jetzt. Schließlich ist das für die Kinder, die nichts dafür können.«

Mutter Martha muss sich geschlagen geben. Sie sucht Hilfe bei Vater Ludwig, der sie beschwichtigt, er würde Oma Erika und Opa Schorsch dann eben später von der S-Bahn abholen.

Oma Rosemarie fragt Mutter Martha: »Wo ist das Glöckerl?«

Sohn Anton und Sohn Bernhard wissen genau, wo das Glöckerl ist.

Es hängt am Christbaum, zwischen den Christbaumkerzen und -kugeln und dem Lametta an versteckter Stelle.

Mutter Martha sucht es vergebens. Oma Rosemarie hält das, erkennbar an ihrer ungeduldigen Wartehaltung, die Arme über dem wehrhaft vorgestreckten Busen verschränkt, für Sabotage.

Als ihr die Mutter Martha aufrichtig sagt: »Ich kann das Glöckerl nicht finden«, schreit Oma Rosemarie ohne Weiteres und sich dabei auf Zehenspitzen stellend in Richtung Flur: »DAS CHRISTKIND IST DAAA!«

Sohn Anton und Sohn Bernhard sind sich nicht sicher, ob das Schreien von Oma Rosemarie als Startzeichen für die große Bescherung ausreichend ist oder ob auf die Entdeckung des Glöckerls gewartet werden muss. Sie verharren daher hinter dem Lur-Eck, bis auch Mutter Martha sich, wegen der Kinder, die nichts dafür können, wie sicherlich auch sie denkt, scheint's einen Ruck gibt und ruft: »Kommt Kinder!« – das Christkind dabei nicht erwähnend.

Solchermaßen aufgefordert rennen Sohn Anton und Sohn Bernhard los zum Christbaum.

Mit auspackbereiten Armen stehen sie vor den Geschenkpyramiden und warten auf ein letztes Zeichen von Oma Rosemarie.

»Das Linke ist für den Anton, das Rechte ist für den Bernhard. Fangt an!«, verfügt diese.

Sohn Anton und Sohn Bernhard fangen an.

Oma Rosemarie und die Verwandtschaft sind gespannt.

Aus den Geschenkpyramiden werden ohne Zögern Geschenkhaufen gemacht. Sohn Anton fängt mit den kleinsten Päckchen an, die, wie er weiß, Süßigkeiten enthalten. Er will die großen und teuren Geschenke erst zum Schluss auspacken, weil das bescheidener und artiger ist als umgekehrt. Außerdem kann er dann die Danksagungen in ihrer Heftigkeit von Geschenk zu Geschenk steigern, was die Verwandtschaft erfreut. Sohn Bernhard macht es nicht anders.

Opa Eduard wird aber ungeduldig. »Das ist alles bloß Schoggolad!«, ruft er, um ein der großen Bescherung angemessenes Hochdeutsch bemüht, als er Sohn Anton beobachtet, der sorgfältig den Tesafilm von den durch Oma Rosemarie als Geschenkpapier benutzten buntbedruckten Papierservietten ablöst.

»Da ist überall das Gleiche drin, damit ein jedes das Gleiche hat und keines benachteiligt ist«, erläutert Oma Rosemarie.

Gezuckerte Geleebonbons, falsche Gummibärchen, die nicht klein und hart, sondern groß und knautschig sind, Zartbitterschokolade, Erfrischungsstäbchen, nicht selbst gemachte Plätzchen, sondern gekaufte – das alles ist meistens eklig und wird gleich der Mutter Martha zum Wegtun gegeben.

Andere Süßigkeiten – Trauben-Nuss-Schokolade, weiße Schokolade, Pralinen, Elisen-Lebkuchen, Kokosflocken, Campino-Bonbons und Nimm 2 – sind gut und werden sogleich an sichere Orte verbracht.

Nachdem alle Süßigkeiten ausgepackt sind, wird sich bedankt.

Sohn Anton gibt Oma Rosemarie ein Bussi auf die Backe, das will sie. Sohn Bernhard gibt Opa Eduard ein Bussi auf die Backe, das will der nicht, er dreht sich weg und sagt: »Ageh!«

Sohn Bernhard lässt von Opa Eduard ab und umarmt Oma Rosemarie, die das Bussi mag.

Sohn Anton bedankt sich derweilen bei Opa Eduard mit einem feschen Diener.

Die große Bescherung geht weiter. Sohn Anton packt aus: Karl May, Der Schatz im Silbersee; Bussi, fescher Diener.

Sohn Bernhard packt aus: Hans Dominik, Flug in den Weltraum; Bussi, fescher Diener – das hat er vom jüngeren Bruder abgeschaut.

»Der Bub könnds ja«, sagt Opa Eduard befriedigt. Sohn Anton und Sohn Bernhard packen jeweils aus:

Socken, Unterwäsche, zwei Pullover, zwei Hemden lang, zwei Hemden kurz, zwei Cordhosen lang.

Oma Rosemarie und Mutter Martha wechseln Blicke der Übereinkunft. Sohn Anton und Sohn Bernhard langweilen sich, Bussi, fescher Diener. Die große Bescherung geht weiter.

Sohn Bernhard packt aus: eine Ziehharmonika, die hat er sich gewünscht, liebes Bussi, ganz fescher Diener. Sohn Anton packt aus: ein längliches, rechteckiges Paket, in dem sich, wie er sofort gesehen hat, die TEE-Lok befindet. Er freut sich, aber ärgert sich, dass er Überraschung mimen muss: »Mensch! Eine TEE-Lok!«, ganz liebes Bussi, ganz, ganz fescher Diener.

Oma Rosemarie, die Hände hinter dem Rücken versteckt, sagt: »So, Buben, das waren alles recht schöne Geschenke, aber jetzt kommt die Hauptsach!«

Sohn Anton und Sohn Bernhard wissen aus Erfahrung, dass jetzt die Kuverts mit den Geldscheinen dran sind.

Sie fragen: »Was denn?«

Oma Rosemarie fragt: »Links oder rechts?«

»Links!« sagt Sohn Anton. »Rechts!« sagt Sohn Bernhard.

Oma Rosemarie hat in jeder Hand ein Kuvert, wie verlangt gibt sie das linke an Sohn Anton, das rechte an Sohn Bernhard.

Beide öffnen gleichzeitig die Kuverts und ziehen blaue Geldscheine heraus: Ein-, zwei-, drei-, vier-, fünfhundert Mark! Und das für jeden! Ganz, ganz liebes Bussi, ganz, ganz, ganz fescher Diener!

Alle freuen sich über die fassungslose Freude von Sohn Anton und Sohn Bernhard.

In die allgemeine Freude hinein kommt Onkel Kurt auf Sohn Anton und Sohn Bernhard zu, die beide mit ihren je fünfhundert Mark unter dem Christbaum reich und überglücklich stehen, und drückt ohne Kuvert, also buchstäblich bar, einem jeden einen weiteren Hunderter in die Hand.

Diese Form der Geschenkübergabe wird toleriert, denn Onkel Kurt war in seinem Berufsleben als Abteilungsleiter ein ernsthafter Mensch, der nie auf die Form, stets auf den Inhalt zu achten pflegte – ganz so wie auch heute noch.

Der geringeren Summe des derart überreichten Geldgeschenks braucht er sich nicht zu schämen, als entfernterer Verwandter läuft er außer Konkurrenz zu den Großeltern, das Schenken an sich schon ist bei ihm eine Draufgabe.

Damit ist fürs Erste die große Bescherung vorbei, und die ganze Verwandtschaft soll sich auf Anregung Vater Ludwigs zu Tisch begeben. Jedoch, fährt Mutter Martha dazwischen, es sei höchste Zeit, Oma Erika und Opa Schorsch von der S-Bahn abzuholen, sie würden jeden Moment am Bahnhof eintreffen. Vater Ludwig solle sie gleich abholen, sie, die anwesende Verwandtschaft werde solange warten, und zwar im Wohnzimmer. Die anwesende Verwandtschaft mault.

»Wegen dem Schorsch, der nicht püngdlich sein konn – ein jeder weiß worum –, solln alle jedzd mid dem Essn wordn. Des is ein Sauschdoll!«, entfährt es Opa Eduard.

Vater Ludwig macht sich auf den Weg. Tante Sophie raucht.

Walter döst und trinkt Weißbier.

Oma Rosemarie ist zufrieden wegen der großen Bescherung und pfeift sichtlich auf Oma Erika und Opa Schorsch.

Eine halbe Stunde später trifft Vater Ludwig mit Oma Erika und Opa Schorsch ein.

Mutter Martha begrüßt ihre Eltern herzlich.

Oma Rosemarie will Mutter Martha nicht nachstehen: »Grüß euch, Grüß euch! Ach, ist das schön, dass ihr doch noch kommt«, sagt sie.

Opa Schorsch sieht Oma Rosemarie misstrauisch an und bittet seine Tochter, ohne den Gruß Oma Rosemaries erwidert zu haben, unverzüglich um Weißbier.

Er begibt sich mit Oma Erika ins Wohnzimmer zur weiteren Verwandtschaft.

Es erfolgt eine formlose allgemeine Begrüßung durch Zuruf. Sohn Anton und Sohn Bernhard geben die Hand, unterlassen aber ungerügt fesche Diener sowie Kavaliershandlungen.

Oma Rosemarie lässt nicht locker: »Schade, dass die große Bescherung schon vorbei ist. Na, dann müsst ihr eben nachbescheren – ist auch nicht so schlimm, nicht?«

Oma Erika wendet sich zu den unter dem Christbaum sitzenden Söhnen Anton und Bernhard. Sie öffnet ihre Handtasche und gibt einem jeden ein Kuvert.

Beide öffnen gleichzeitig die Kuverts und ziehen blaue Geldscheine heraus. Ein-, zwei-, dreihundert Mark! »Danke Oma Erika, danke Opa Schorsch« – kein Bussi, kein fescher Diener.

Oma Erika fragt die Söhne Anton und Bernhard verwundert, aber doch mit gekünstelt kindlichem Interesse: »Was habt's denn ihr vom Opa Eduard und von der Oma Rosemarie alles gekriegt?«

Einstimmig tönen die Söhne Anton und Bernhard:

»Ganz viele Sachen und fünfhundert Mark.« Oma Erikas Gesicht wird blass und böse.

Sie richtet sich zu voller Größe auf und wirft einen fürchterlichen Blick auf Oma Rosemarie, dann auf Opa Eduard.

»Dreihundert Mark war ausgemacht! Dreihundert Mark hat Eduard gesagt! Dreihundert, nicht fünfhundert Mark, Rosemarie! Er hat mich belogen!« Oma Erika ist außer sich, Mutter Martha macht beschwichtigende Gesten. Oma Erika kramt in ihrer Handtasche nach ihrem Portemonnaie.

Sie entnimmt ihm zwei Hunderter und fragt Mutter Martha in nun wieder sachlichem Ton, ob sie ihr zweihundert Mark leihen könne, bis morgen. Freudig holt Mutter Martha ihr Portemonnaie und borgt Oma Erika das Geld.

Oma Erika gibt Sohn Anton und Sohn Bernhard jeweils zweihundert Mark. Sie nehmen das Geld geschäftsmäßig an sich, »dankedanke«, trotzdem kein Bussi, kein fescher Diener, und stecken es zu dem anderen.

Oma Erika hat sich einigermaßen beruhigt, scheinbar empfindet sie Genugtuung, nun hat sie ebenso viel geschenkt wie Oma Rosemarie und Opa Eduard.

Opa Schorsch ist es gleich, er fragt Vater Ludwig, wie es mit weiterem Weißbier aussehe, die Luft sei trocken.

Opa Eduard, der gut Wetter machen will, bittet Vater Ludwig ebenfalls um Weißbier.

Mutter Martha, die wieder halbwegs guter Dinge ist, bittet nun endlich zu Tisch.

Alles erhebt sich und tritt an die Tafel im Esszimmer heran.

Mutter Martha weist die Plätze an.

Auf dem Weg zu seinem Platz zeigt Opa Schorsch Sohn Anton und Sohn Bernhard das Spiel Gerade/Ungerade:

Einer hält einen Geldschein verdeckt und fragt den anderen, ob die letzte Ziffer der Nummer des Geldscheins gerade oder ungerade ist. Antwortet der andere richtig, bekommt er den Geldschein, antwortet er falsch, muss er selbst einen Geldschein gleichen Wertes bezahlen.

Sohn Anton und Sohn Bernhard sind begeistert.

»Aber nur heimlich spielen!«, empfiehlt Opa Schorsch. Endlich sitzen alle bei Tisch.

Die Einnahme des Festessens erfolgt wortlos in circa fünfzehn Minuten unter Erzeugung erheblicher Eßgeräusche.

Insbesondere Opa Eduard verschluckt sich häufig. Sohn Antons Appetit wird dadurch beeinträchtigt, er lässt, entgegen seinen Gewohnheiten, einen halben Knödel stehen.

Nach dem Essen verlangt die Verwandtschaft nach Schnaps.

Opa Schorsch bemerkt, auch für Weißbier sei durchaus noch Platz.

Vater Ludwig reicht Zwetschgenwasser.

Sohn Anton und Sohn Bernhard langweilen sich und fragen, ob sie aufstehen dürfen. Mutter Martha gestattet es. Sie setzen sich unter den Christbaum und spielen sofort Gerade/Ungerade.

Die Erwachsenen beginnen mit der Durchführung des Gesprächs.

Oma Rosemarie: »Gut war's, Martha.« Opa Eduard:

»A bissl zäh, die Gons, zu viele Flugschdundn, haha, da konnd ma sich leichd verschluggn. Ein Hoch auf die Köchin. Brosd.«

Vater Ludwig schenkt, während seine Frau die abgegessenen Teller in die Küche trägt, weitere Schnäpse ein. Schnell kommt die Rede auf die schlechte Zeit, damals, und wie sich alles entwickelt hat. Es wird allgemein festgestellt, dass Oma Rosemarie und Opa Eduard im Rahmen ihrer Möglichkeiten Lebensart haben, dass man Onkel Kurt den Abteilungsleiter heute noch ansieht, dass Tante Sophie mit ihren zweiundsiebzig Jahren immer noch raucht, dass es Oma Erika in ihrem Leben nicht gut getroffen hat, dass Opa Schorsch immer blau ist, und dass dies heute alles nicht so wichtig ist wegen Weihnachten, und Hauptsache die Kinder freuen sich.

Nachdem dies alles festgestellt ist, ist das Gespräch beendet, die Verwandtschaft wird unruhig, sie will nach Hause.

»Leider, wir müssen!«, sagt Oma Rosemarie zu Mutter Martha.

An der Haustür wird die Verwandtschaft von Sohn Anton und Sohn Bernhard artig verabschiedet: »Leb wohl, Oma Rosemarie!«, fescher Diener, »Leb wohl, Opa Eduard!«, fescher Diener, »Leb wohl, Onkel Kurt!«, fescher Diener, »Leb wohl, Tante Sophie!«, fescher Diener, »Auf Wiedersehen, Oma Erika!«, »Auf Wiedersehen, Opa Schorsch!«, »Servus, Walter!«

Oma Rosemarie, Opa Eduard, Onkel Kurt, Tante Sophie und Walter steigen in Onkel Kurts goldfarbenen BMW.

Sohn Anton und Sohn Bernhard winken artig. Langsam setzt sich der goldfarbene BMW in Bewegung, die Insassen winken zurück.

Vater Ludwig bringt Oma Erika und Opa Schorsch zur S-Bahn.

Als er zurückkommt, setzt er sich ins Wohnzimmer und macht sich ein Weißbier auf.

Sohn Anton und Sohn Bernhard sitzen wieder unter dem Christbaum und spielen Gerade/Ungerade.

Mutter Martha steht in der Küche und spült ab.

Beate Ferchlaender

Warm ums Herz

Wir holen Opa nächste Woche«, verkündete Papa beim Frühstück – und tötete damit die Weihnachtsstimmung, noch bevor sie aufkommen konnte. Insgeheim hatten wir gehofft, dass der Kelch heuer an uns vorübergehen würde, in Anbetracht der Misere, die Opa uns letztes Jahr beschert hatte.

»Nicht dein Ernst!«, rief Siggi und knallte ihre Teetasse auf den Tisch. Brühwarm hatten wir alle die Szene vor Augen, wie Opa kichernd seine Gabel in den Erdäpfelsalat steckt und fragt: »Bist du eigentlich nach der Salatkartoffel benannt, Sieglinde? Weil die so schön speckig ist? Hahaha!«

Daraufhin hatte Siggi einen bühnenreifen Abgang hingelegt und war stundenlang nicht auffindbar gewesen. Sie ging nicht an ihr Handy und ich wiederum weigerte mich, die Nummern ihrer Freundinnen herauszugeben. Datenschutz. Mama bekam kurzzeitig Schnappatmung, aber ich blieb hart. Wer hatte uns denn die immense Wichtigkeit im sensiblen Umgang mit privaten Daten eingebläut?

Anstatt wie üblich zur Mette zu fahren, klapperten

meine Eltern alle Häuser ab, in denen ihre Tochter Unterschlupf gefunden haben könnte, während ich meine plärrende kleine Schwester Ilvy zu Bett brachte, den Abwasch erledigte und mir nebenher noch Opas Stänkereien anhören musste. Mama hätte meinen Vater zum Waschlappen gemacht, sein Tenor, und bei mir wäre sie auf dem besten Wege dahin. Ich stellte jegliche Kommunikation mit ihm ein und wartete, bis er endlich zu Bett gegangen war. Nun – so dachte ich nämlich – wäre der Moment gekommen, an dem ich den Weihnachtsfrieden für die Familie noch retten könnte. Ich rief Bernd an, bei dessen älterem Bruder Jochen ich Siggi vermutete. Er war ihr neuer Fußballtrainer und es war mir schon aufgefallen, wie eifrig sie plötzlich ihre Trainingstermine wahrnahm.

Bingo! Wenig später setzte Jochen sie vor unserer Tür ab. Natürlich hatte sie ihn angelogen, dass die Eltern Bescheid wüssten. Er wollte wohl keine Schwierigkeiten bekommen, immerhin war er 25 und Siggi erst 17.

Sie war jedenfalls die Erste, die ihren Frust an mir ausließ. Ich hätte sie vor Jochen bloßgestellt, schrie sie. (Er ließ sie dann auch tatsächlich sitzen. Rückblickend gesehen habe ich ihr eigentlich einen Gefallen getan. In der Zwischenzeit hat er das halbe Damenteam durch ...)

Wie auch immer. Ihre Tiraden ließ ich noch heroisch über mich ergehen und informierte die Eltern, dass die verlorene Tochter wiedergekehrt wäre. Aber nicht sie, sondern ich bekam mein Fett ab. Warum ich ihnen nicht sofort Bescheid gegeben hätte. Wie peinlich es jedes Mal gewesen wäre, an Türen zu klopfen, weil man die entlaufene Tochter suchte.

»Und, dass sie weggerannt ist, ist vielleicht auch meine

Schuld?«, schrie ich und warf ihnen an den Kopf, dass sie die ungerechtesten Eltern auf Gottes Erdboden wären. »Vielleicht solltet ihr eure teure Ratgebersammlung mit einem Buch über das vernachlässigte Sandwichkind bereichern«, schlug ich vor. »Und überhaupt. Warum müssen wir Opa jedes Jahr zu Weihnachten zu uns holen, wo er uns doch regelmäßig die Stimmung versaut. Auch wir Kinder haben ein Recht auf ein friedliches Fest.«

Statt Einsicht bescherte mir mein Aufbegehren zwei Tage Zimmerarrest. Frohe Weihnachten, Sandwichkind!

Und nun hatten sie Opa also doch wieder eingeladen. Nicht zu fassen!

Mama stammelte was von einem einsamen alten Mann, um den wir uns wenigstens einmal im Jahr kümmern müssten.

»Der Psychopath kommt mir nicht in mein Zimmer!«, sagte Siggi und verschränkte ihre Arme vor der Brust. »Ich brauche meinen Rückzugsort.«

Üblicherweise zog Opa für die Zeit seines Aufenthalts in ihre kleine Dachkammer und Siggi zu uns ins Kinderzimmer.

»Was?« Papa schaute seine Tochter entgeistert an.

»Na ja«, sagte Mama. »Sie ist jetzt wirklich schon in einem Alter, wo sie ihre Privatsphäre braucht.«

(Dass ich mir mit meinen 15 Jahren immer noch das Zimmer mit meiner kleinen Schwester teilen musste – und zwar das ganze Jahr über –, wurde pädagogisch nicht hinterfragt.)

»Und wo soll er dann schlafen? Vielleicht bei uns in der Besucherritze?« Siggi und ich warfen einander verstohlen Blicke zu. Wenn Papa zynisch wurde, konnte es gefährlich werden.

»Was ist eine Besucherritze?«, fragte Ilvy. Mama lächelte und drückte sie liebevoll an sich.

»Wir kaufen ein Ausziehsofa und Opa wird ins Wohnzimmer gelegt«, entschied sie schließlich. Papa schulterte seinen Laptoprucksack und verschwand wortlos ins Büro.

Mamas Plan sollte allerdings nicht aufgehen, wie sich ein paar Tage später herausstellte.

»Guck mal, Vater. Heuer hast du das ganze Wohnzimmer für dich«, sagte Papa mit strahlendem Blick und stellte Opas Reisetasche neben ihm ab. Der wiegte skeptisch den Kopf. »Bring mir mal die Heizdecke«, befahl er.

»Die Heizdecke brauchst du hier drinnen nicht«, sagte Papa.

»Du weißt, dass ich ohne sie nicht schlafen kann, wenn die Fenster offen sind. Meine Nieren!«

»Die Fenster bleiben ohnehin zu!«, krächzte Mama.

»Ich schlafe immer bei offenem Fenster, das weißt du genau. Ich bin ja kein Weichei!«, keifte Opa – mit Seitenblick auf Papa. Der wurde prompt rot, rührte sich aber nicht von der Stelle. Wütend stapfte Opa selbst zum Auto und schleppte das riesige Paket ins Wohnzimmer. Schälte das Monster aus der vergilbten Originalverpackung und warf es über das schicke neue Sofa. Ilvy hielt sich angewidert die Nase zu. Mama bekam rote Flecken am Hals. Wir alle wussten, wie sehr sie das speckige Ding hasste. Opa hatte es vor zig Jahren auf einer Werbefahrt erstanden und seitdem nicht reinigen lassen. Mama war überzeugt, dass die Decke nicht nur herkömmlich unhygienisch, sondern hochgradig verseucht war und ein Fall für den Kammerjäger.

»Die passt hier nicht drauf«, sagte Opa gnadenlos. »Ich schlaf in meinem Zimmer, wie immer.«

»In deinem Zimmer? Nur über meine Leiche!«, zischte Siggi.

»Dann ... Kinderzimmer?« Papa kratzte sich nervös am Hals.

»Du kannst keinem der Kinder zumuten, mit Opa zusammen ... Bei offenem Fenster!« Mama schnappte nach Luft.

»Mit Opa und der Heizdecke«, stellte Siggi klar.

»Dann schläft eben Günter auf der Couch und Ilvy kommt zu uns.«

»In die Besucherritze?«, fragte Ilvy.

Mama legte sich zu meinem Leidwesen auch dagegen quer. Sie fürchtete – nicht ganz zu Unrecht –, dass ich dann nächtelang fernsehen würde.

»Gut! Dann ziehen eben wir ins Wohnzimmer.« Papa schnappte sich die grausige Heizdecke und trug sie geräuschvoll ins elterliche Schlafzimmer. Mama wischte sich wortlos über die Stirn und trottete gebeugten Hauptes in die Küche.

Der Schrei, der kurz darauf von dort zu uns drang, ließ unser aller Blut gefrieren. Der Anblick, der sich uns bot, erst recht.

Da lag sie, auf der Arbeitsfläche. Die Haut blass und fahl. Die Augen starr zur Decke gerichtet.

»Eure ewigen Würstchen mit Kartoffelsalat hängen mir schon zum Hals raus«, sagte Opa, »Heuer gibt es Gans.«

Er nahm das tote Federvieh und hob es in die Höhe. Seine Finger krallten sich um den Hals des Tiers, als müsse er es erst noch erwürgen. Kraftlos baumelte der gerupfte Vogel in seiner Hand, sein Schnabel auf uns gerichtet wie der Lauf einer Pistole, die Augen vorwurfsvoll, als wären wir schuld an seinem Tod.

Ilvy warf sich weinend in Mamas Arme.

»Ich koche keine Gans, Liebes«, sagte Mama und streichelte ihrem Nesthäkchen tröstend über die blonden Locken. »Ich greif das Vieh nicht an und betrete die Küche erst wieder, wenn es weg ist.«

»Das machst du mit Absicht, was?« Siggi warf Opa einen vernichtenden Blick zu und verließ die Küche.

»Undankbares Weibsvolk!«, brummte Opa und warf die Gans ins Spülbecken. »Die kommt direkt aus Ungarn. Nach dem Krieg hätte man für ihren Bürzel gemordet.«

»Was ist ein Bürzel?« Ilvy linste vorsichtig aus Mamas Umarmung hervor.

»Der Arsch vom Vogel«, erklärte ich. Was mir einen bitterbösen Blick von Mama einbrachte und Ilvy erneut ihren Kopf in deren Armbeuge stecken ließ.

»Diesen Bürzel wird dir garantiert niemand streitig machen.« Mama nahm Ilvy bei der Hand und ließ uns drei Männer allein mit dem toten Vogel zurück.

»Und was machen wir jetzt damit?« Papa klang ehrlich verzweifelt.

»Gänsebraten, was sonst«, sagte ich und zückte mein Handy.

Wir folgten Schritt für Schritt der Anleitung eines YouTube-Videos und brachten nach einigen Stunden einen ansehnlichen Gänsebraten zu Tisch. Mama hatte uns Knödel und Rotkraut aus dem Tiefkühlregal des Supermarkts in die Küche geworfen, die wir lediglich in der Mikrowelle aufwärmen mussten. Den Kartoffelsalat, den sie bereits am Morgen zubereitet hatte, holten wir, wie uns befohlen, exakt eine Stunde vor dem Essen aus dem Kühlschrank, damit er Raumtemperatur annehmen konnte. Zum Schluss brutzelte ich sicherheitshalber noch ein paar Würstchen für die Gans-Verweigerer heraus. Einem versöhnlichen Weihnachtsmahl stand eigentlich nichts im Wege.

Außer Opa.

Denn der bestand darauf, als Familienoberhaupt die Zerteilung der Gans bei Tisch vorzunehmen. Leider fanden wir im ganzen Haus keine Geflügelschere, also suchte er sich das größte Messer aus dem Block und spaltete mit Gewalt unsere schöne Gans. Brach ihr lautstark die Knochen, dass es krachte. Sogar ich hielt mir kurzfristig die Ohren zu. Und während er uns die ramponierten Gänseteile auf die Teller klatschte, trug er Loriots Weihnachtsgedicht vor, in welchem die Försterin den von ihr gemeuchelten Gatten zerlegt und für Knecht Ruprecht weihnachtlich verpackt.

»Wer ist Knecht Ruprecht?«, flüsterte Ilvy mit großen Augen.

»Der Weihnachtsmann, Dummerchen«, sagte ich.

Ilvy sprang entsetzt auf und rannte aufs Zimmer. Ich hatte ganz vergessen, dass sie ja noch an Santa (und wahlweise das Christkind) glaubte. Ihr romantisches Bild hatten Opa und ich nun in Stephen-King-Manier gekillt. Mama lief ihr nach. Nach ein paar Minuten kehrte sie ohne Kind wieder an den Tisch zurück. »Sie kommt erst wieder, wenn die Gans weg ist«, sagte sie schmallippig und schob sowohl ihren als auch Ilvys Teller demonstrativ zur Seite. Siggi erbarmte sich und schnappte sich Ilvys Würstchen und Mamas Kartoffelsalat.

»Hast du deine Tochter eigentlich nach dieser Kartoffelsorte benannt, Ilse?« Opa lachte schallend über seinen alten Witz. Alle starrten entsetzt erst auf Opa. Dann auf Siggi. Kurzfristig befürchtete ich, sie würde ihm ihre Gabel ins Herz rammen.

Sie hielt jedoch inne und legte sie zurück auf ihren Teller. »Du bist ja dement!«, sagte sie schlicht.

»Das nimmst du zurück!« Jetzt fuchtelte Opa gefährlich mit seiner Forke.

»Es reicht!« Mama stapelte lautstark die Teller. Ihr Gesicht war rot, die Stimme ungewöhnlich scharf. »Wir machen jetzt gemeinsam sauber und fahren dann in die Mette. Und du, Opa, gehst jetzt schlafen«, sagte sie. »Ich bring dir einen Tee ins Zimmer, wenn du mit deiner Toilette fertig bist.«

»Mit Rum?«

»Meinetwegen mit Rum.«

Eine Stunde später saßen wir alle im Auto. Ilvy war ganz aufgekratzt, weil sie das erste Mal mitdurfte. Plötzlich griff Mama sich an den Kopf. »Jetzt hab ich glatt vergessen, aufs Klo zu gehen.« Sie lachte wie ein Kind.

Es war wohl der Tag der Vergesslichkeit. Gerade noch rechtzeitig schnallte ich, dass ich meine In-Ears im Wohnzimmer liegenlassen hatte, also sprang ich kurzerhand auch aus dem Wagen, um sie zu holen. Die Mitternachtsmette würde ich ohne Handyablenkung nicht überstehen.

Leise schlich ich am elterlichen Schlafzimmer vorbei, um Opa nicht zu wecken. Überrascht stellte ich fest, dass die Türe nur angelehnt war. Vorsichtig drückte ich sie ein wenig auf. Und wenig später noch sorgfältiger wieder zu. Ich holte meine In-Ears und war noch vor Mama zurück im Auto.

Die ganze Mette lang ging mir das Bild nicht aus dem Sinn, das sich mir im Schlafzimmer geboten hatte: Wie Mama Opa sanft in die Senkrechte hievte, indem sie ihm ein paar Kissen hinter den Rücken stopfte. Wie Opa ungeachtet dessen tief und fest weiterschlief, selbst als Mama die Thermoskanne aufschraubte und deren Inhalt über Opa ergoss. Die leere Flasche drückte sie ihm in die Hand. Dann schloss sie das Fenster und steckte die Heizdecke wieder an.

Warum hatte sie das getan? Mein erster Gedanke war: Rache. Aber Opa hatte absolut nichts mitbekommen, damit lief die Gemeinheit ins Leere. Im Gegenteil. Die Heizwärme der Decke, noch dazu bei geschlossenem Fenster, würde die Sauerei wieder trocknen, bevor Opa aufwachte. Ich konnte mir einfach keinen Reim auf ihr Tun machen.

Ganz gegen ihre Gewohnheit blieb Mama nach der Mette bei jedem Menschengrüppchen stehen, um fröhliche Weihnachtswünsche auszusprechen. Am Ende plauderte sie sogar mit Frau Schnöller, unserer tumben Nachbarin. Ich wollte meinen Ohren nicht trauen, als sie deren herrliche Weihnachtsdeko im Garten lobte. Meine Mutter hatte mit Ironie eigentlich nichts am Hut.

Wir alle zuckten zusammen, als die Sirene heulte. Bald darauf ertönte das Martinshorn.

»Sicher ein Christbaum«, sagte Papa.

»Ist sowieso unverantwortlich, echte Kerzen zu verwenden«, sagte Frau Schnöller, die auch im Garten auf elektrische Lichterketten setzte.

Nach kurzer Schockstarre lösten sich die Grüppchen auf. Man wollte eiligst nach Hause – oder der Ursache des Feuerwehreinsatzes nachgehen. Nicht ganz freiwillig taten wir beides zugleich. In unserer Einfahrt standen mehrere Feuerwehrautos und ein Rettungswagen. Die Polizei schoss an uns vorbei in die letzte Parklücke vor dem Haus. Papa lenkte den Wagen in eine Seitengasse und wir stürmten zu Fuß zurück. Die Feuerwehr hatte großräumig abgesperrt. Wir beobachteten die Szene von weitem, wie alle anderen Schaulustigen auch. Ein Raunen ging durch die Menge, als zwei Sanitäter eine Bahre aus dem Haus trugen. Der Körper darauf war mit einem Tuch bedeckt. Papa neben mir schnaufte. Kurz darauf fuhr der Leichenwagen vor.

Der Schmorbrand war bald gelöscht. Auch die Ursache stand unmittelbar fest: Opas Heizdecke hatte ihn ausgelöst.

»Diese alten Dinger sind einfach brandgefährlich«, erklärte uns der Feuerwehrhauptmann. »Wenn die innenliegenden Heizdrähte knicken, können sie einen internen Stromkreis bilden und die Decke stark überhitzen. Ein feuchtes Milieu kann die Leitfähigkeit noch zusätzlich erhöhen. Das veraltete synthetische Material hält der Hitze nicht stand und fängt zu glosen an. Belangen Sie die Firma – falls es sie noch gibt.«

»Er hat nichts mitbekommen«, tröstete uns der Arzt. »Ist mit ziemlicher Sicherheit an einer Rauchgasvergiftung gestorben, bevor die Heizdrähte ihn angesengt haben.«

Wir mussten ein paar Tage ins Hotel, bis wir wieder ins Haus konnten. Ein wenig roch es noch immer nach Verbranntem, aber außer dem Schlafzimmer waren alle anderen Räume verschont geblieben. Dennoch wurde das Haus bald darauf umgestaltet, alle Fenster erneuert und das vormals eheliche Schlafzimmer für mich komplett neu und nach meinem Geschmack eingerichtet. Mit großem Schreibtischbereich und einem top Gaming-PC darauf. Mama hatte nach einem Vieraugengespräch mit mir richtig erkannt, dass auch ein Sandwichkind seine Privatsphäre braucht. Ilvy durfte im Kinderzimmer bleiben, die Eltern würden im Wohnzimmer schlafen, bis Siggi oder ich auszogen.

Ich habe es allerdings nicht sonderlich eilig. Das derzeitige Arrangement passt mir ausgezeichnet. Die Zeiten des vernachlässigten Sandwichkinds sind endgültig passé. Beim Gedanken an nächste Weihnachten wird mir ganz warm ums Herz. Kein Opa, aber viele altersgerechte Geschenke, die nicht zwingend in einem Ratgeber empfohlen werden. Ich kann es gar nicht erwarten.

Jordan T. A. Wegberg

Anruf bei Tante Hedwig

Tante Hedwig lebt allein in Elmshorn und wird irgendjemandem mal ihr Haus und ihr Vermögen vermachen. Na ja, Vermögen ist vielleicht zu viel gesagt, aber so ein kleinerer fünfstelliger Betrag fällt da schon an.

Am ersten Weihnachtstag um kurz vor zehn sitze ich am Laptop. Ich lasse mir die Nummer in meinem Kontaktspeicher anzeigen und klicke auf *Erweitert – Profil*. Sie ist inzwischen dreiundachtzig. Verwitwet seit 1997. Ihr Mann hieß Wilhelm.

Unter *Medizinische Daten* finde ich heraus, dass sie an Blasenschwäche, Bluthochdruck und Arthrose in beiden Kniegelenken leidet. 2013 hatte sie eine Hüft-OP. Derzeit ist sie wegen ihres nachlassenden Gedächtnisses und gelegentlichem Ohrensausen in Behandlung bei einem Neurologen. Die Laborergebnisse der letzten Blutuntersuchung liegen noch nicht vor.

Ich scrolle weiter zu *Aktuelle Kommunikation*. Den letzten Anruf hat sie von der Orthopädiepraxis Dr. Schönlein erhalten, das war am 19. Dezember. Drei Tage vorher ein ausgehendes Gespräch, Teilnehmerin Elfriede Link. Sagt mir nichts, aber dem Vornamen nach tippe ich auf eine etwa gleichaltrige Bekannte. Mehr ist unter diesem Menüpunkt nicht zu finden.

Zur Sicherheit frage ich noch mal ihren Kontostand ab. Hedwig bekommt eine ansehnliche Rente; ihr verstorbener Mann hat gut für sie gesorgt. Ihr Guthaben beträgt 19.423,50 Euro. Es gibt die üblichen Daueraufträge für Miete und Rundfunkbeitrag, halbjährliche Überweisungen an die Gärtnerei Holtmanns für die Pflege von Onkel Wilhelms Grab und jeweils um den Monatsersten eine Barabhebung von 500 Euro. Tante Hedwig führt ein sehr bescheidenes Leben. Sie kommt ja auch nicht mehr viel vor die Tür wegen ihrer Knie.

Beherzt greife ich zum Handy und wähle die Nummer. Eine dünne, brüchige Stimme mit skeptischem Unterton. »Ja, bitte?« Menschen ihres Alters haben gelernt, dass es besser ist, sich nicht mit dem Namen zu melden.

»Tante Hedwig? Hier ist Michael. Frohe Weihnachten wünsch ich dir! Wie geht's dir denn so?«

»Wer ist da?«

»Michael aus Hamburg!«

»Ach so, Michael.« Tante Hedwig hört nicht mehr gut, und sie vergisst auch so manches. Ich höre die Unsicherheit heraus. Sie weiß nicht genau, wer ich bin, doch es ist ihr peinlich nachzufragen.

»Ich hab in den letzten Wochen ganz oft an dich gedacht, Tante Hedwig. Wegen dem Glatteis und so. Ist das bei euch auch so schlimm? Was macht denn ...« Meine Augen wandern zum Bildschirm des Laptops. Ich klicke auf den Menüpunkt *Haustiere,* den ich erst vor wenigen Monaten in mein System eingefügt habe und der mir seitdem schon oft von großem Nutzen war. »... der liebe Maxi?«

»Der Maxi? Ach, der ist ganz schön dick geworden. Der liegt ja nur noch auf der Fensterbank. Wenn es so kalt ist, will er überhaupt nicht raus.«

»Aber dafür ist er dann immer bei dir, das ist doch schön, oder?«

»Ja. Der Maxi. Der wird immer fauler.«

Gibt es eigentlich medizinische Gründe dafür, dass alte Menschen viel langsamer sprechen als junge? Es könnte was mit dem Erschlaffen der Gesichtsmuskulatur zu tun haben, oder vielleicht dauern die neuronalen Verknüpfungen einfach länger. Muss ich mal googeln.

»Was machst du denn so an den Feiertagen, Tante Hedwig? Hast du Besuch?«

»Ach, wer soll mich denn schon besuchen kommen. Ist doch keiner mehr da. Ich sag immer, der liebe Gott hat mich vergessen!« Das unbeholfene Kichern, mit dem sie den letzten Satz als scherzhafte Bemerkung kennzeichnet, klingt eher resigniert als fröhlich. »Über zwanzig Jahre bin ich jetzt schon allein. Damals, als der Wilhelm noch lebte ...«

»Ja, der Onkel Wilhelm – der war immer so lustig! Er konnte tolle Witze erzählen.« Als Wilhelm gestorben ist, war ich erst zwei.

Tante Hedwigs krächzendes Lachen geht in einen trockenen Husten über. »Und manche waren ganz schön unanständig! Der Wilhelm, ich hab immer gesagt, der hat das faustdick, faustdick hat der das hinter den Ohren!«

»Ja, da hast du Recht. Aber er war trotzdem immer total lieb, der Onkel Wilhelm.«

Ein tiefer Seufzer. »An den Feiertagen fehlt er mir schon sehr.«

»Das kann ich gut verstehen, Tante Hedwig. Das muss schlimm sein so allein. Sag mal, wenn du gar keinen Besuch hast – wie wär's denn, wenn ich morgen mal vorbeikomme? Auf ein Tässchen Kaffee und ein paar Plätzchen vielleicht? Natürlich nur wenn du Zeit hast. Ich will mich ja nicht aufdrängen.«

»Ach, das wäre schön! Ich hab ja auch wieder Zimtsterne gebacken. Viel zu viele, die kann ich alleine gar nicht alle essen. Du magst doch Zimtsterne, oder?«

»Na klar! Weißt du das denn nicht mehr? Das waren immer schon meine Lieblingsplätzchen.«

»Ja, natürlich ...«

»Dann morgen so gegen halb vier? Ich hab auch ein kleines Geschenk für dich, das hab ich vergessen abzuschicken, aber dann kann ich dir das ja gleich persönlich geben. Ist sowieso viel schöner, oder?«

»Hach!«, ruft Hedwig aus, »aber ich hab doch gar nichts für dich ... Also, das ist mir jetzt aber wirklich unangenehm ...«

»Nicht so schlimm, Tantchen. Du brauchst mir wirklich nichts zu schenken. Ich freu mich einfach, dich mal wieder zu sehen.«

»Also, ich lass mir da schon was einfallen.«

Da bin ich sicher. Tante Hedwig bleibt genügend Zeit, um zum Geldautomaten zu gehen.

»Wenn du dir schon extra die Mühe machst und bei einer alten Frau vorbeikommst«, fährt sie fort. »Du hast doch bestimmt viel zu tun.«

»Du bist mir aber wichtiger. Ich freu mich sehr! Bis morgen, Tante Hedwig!«

Ich trage mir den Termin in den Kalender ein. Es gibt noch freie Slots am 27. und am 30. Dezember. Zeit für meinen Anruf bei Tante Irmgard. Ich rufe ihre Daten im Kontaktspeicher auf.

Holly Birtwell

Der Mantel des Schweigens

Von ihrem Sessel aus überblickte Iris die Berge des Kaukasus, die in den letzten Wochen ihre Schneedecke von den Spitzen bis ins Tal ausgerollt hatten. Sie genoss die Ruhe in ihrem kleinen Zimmer und beobachtete durch das Fenster die Skifahrer, die wie kleine Punkte die Hänge hinunterfuhren. In der einen Hand hielt sie die wärmende Tasse mit Schwarzem Tee, den ihr die Tochter der Wirtin gebracht hatte, in der anderen ein Buch. Das Geräusch ihres vibrierenden Handys durchbrach die Stille und ließ sie zusammenzucken. Sie fröstelte, als sie aufstand, schaute auf das Display und seufzte. Langsam streckte sie den Arm aus, in der Hoffnung, dass das Vibrieren aufhören würde, doch das Telefon klingelte noch immer, als sie es in die Hand nahm. »Hallo Mutter, ich bin gerade in Georgien und kann nicht lange telefonieren.«

»Georgien? Kommst du denn gar nicht zum Weihnachtsessen?«

Die Stimme klang viel zu nah für diese Entfernung und ihr Verhältnis. Seit Monaten hatten sie keinen Kontakt mehr gehabt und dass sie gerade an diesem Tag anrief, ließ Iris erschaudern.

»Mutter, wir –« Sie entdeckte wieder einen Punkt in den Bergen, der unter ihren sich schließenden Lidern verschwand. »Wir feiern kein Weihnachten mehr.«

»Was redest du da, Irilein? Ich habe schon Rotkraut und Klöße gekauft.«

Irilein. So wurde sie seit ihrer Kindheit nicht mehr genannt. »Mutter, was ist los? Du weißt doch, was damals mit Vati war.«

»Ach, dein Vater ist mal wieder unterwegs und hat mich hier alleine gelassen. Komm schnell, ja?«

Iris schluckte und spürte dabei einen Widerstand, als hätte sie bereits einen Kloß im Hals. Auch wenn ihr Verhältnis angeknackst war, hätte sie wenigstens aus Höflichkeit anrufen sollen. »Ich bin morgen, spätestens am zweiten Weihnachtsfeiertag bei dir.« Nachdem sie aufgelegt hatte, buchte sie einen Flieger, der noch am selben Abend von Tiflis nach Berlin flog. Sie bat die Wirtin, ihr einen Fahrer zu suchen, und packte ihre Sachen.

Als sie abfuhr, blickte sie noch einmal zu den Skifahrern, die sorglos den Berg hinunterfuhren, und entfernte sich dann auf der Georgischen Heerstraße immer weiter vom Kaukasus und seiner erhabenen Stille. Noch ein paar Tage länger und sie hätte den Weihnachtstrubel erfolgreich gemieden, genauso wie ihre Erinnerungen.

Schon beim Anflug auf das festlich erleuchtete Berlin wurde ihr mulmig zumute. Sie schlief in einem sterilen Hotel am Flughafen und fuhr am nächsten Morgen mit der S-Bahn zu der Siedlung von Einfamilienhäusern am nördlichen Stadtrand.

Ihre Mutter öffnete die Tür mit Lockenwicklern im Haar. »Irilein«, rief sie, während sie ihre Tochter umarmte.

Iris wand sich heraus. Es fühlte sich ungewöhnlich an und unpassend. »Mutter, du hast seit Jahrzehnten keine Locken mehr getragen.«

»Was erzählst du denn da?« Ihre Mutter lachte, kniff sie in die Wange und bat sie hinein.

Iris zwängte sich an ihr vorbei durch die Tür und blickte sich im Haus um. Es war geschmückt mit Weihnachtsdekoration, die sie seit ihrer Kindheit nicht mehr gesehen und von der sie gedacht hatte, dass sie längst im Müll lag: ein großer, leuchtender Herrnhuter Stern im Flur, ein Schwibbogen mit winterlicher Landschaft auf dem Fensterbrett im Wohnzimmer und auf dem Tisch die dreistöckige Weihnachtspyramide.

»Ich habe dir dein Zimmer hergerichtet«, sagte ihre Mutter. An der Tür hing der selbstgenähte Weihnachtskalender, den sie früher mit kleinen Süßigkeiten und Spielzeugen gefüllt hatte. Iris stellte ihre Sachen auf das Bett, wo ihr längst vergessener Kuscheltierweihnachtsmann lag. Sie hob ihn hoch und spürte ein Ziehen im Magen. Sie musste diese Scharade sofort beenden. Lebte ihre Mutter in einer anderen Zeit? Mit dem Kuscheltier in der Hand ging sie zur Badezimmertür. Ihre Mutter nahm gerade ihre Lockenwickler heraus.

»Welches Jahr haben wir?«, fragte sie.

Ihre Mutter drehte den Kopf zu ihr. »Das weißt du nicht? 1994 natürlich.«

Iris schluckte. Es war das Jahr, in dem ihr Vater verschwunden war. Sie schüttelte ihre Mutter leicht. »Wach auf! Es ist 2024 und wir feiern kein Weihnachten mehr.«

»Was erzählst du da, Irilein?« Ihre Mutter strich ihr über die Wange. »Holst du bitte das Lametta und die Anhänger für den Baum aus dem Keller? Und vergiss nicht den Stern!«

Iris erstarrte. Das waren dieselben Worte, die sie damals gesagt hatte. Sofort kam ihr die Weihnachtsdekoration in den Sinn, die sie an dem Tag auf den Couchtisch gelegt hatte und die niemals aufgehängt worden war. »Wir haben keinen Weihnachtsbaum.«

»Vater ist losgegangen, um einen zu holen«, sagte ihre Mutter, während sie einen Lockenwickler ablegte.

Ein Frösteln durchzog Iris. Das Bild, das sie seit ihrer Kindheit immer wieder verfolgt hatte, tauchte vor ihr auf: ihr Vater, der ihre Zimmertür öffnete, in seinem schwarzen Ledermantel mit den weichen Fellärmeln zu ihr ging und sie lange an sich drückte. Alles war so schnell gegangen, dass sie noch nicht einmal ihre Kopfhörer abgenommen hatte, mit denen sie gerade »Bad« von Michael Jacksons hörte. Er hatte sie angelächelt und war dann aus dem Zimmer gegangen. Am Abend hatte ihre Mutter einen Abschiedsbrief von ihm gefunden, in dem er schrieb, dass er nach Paris zu seiner neuen Freundin ziehen würde. Immer wieder hatte sich Iris gefragt, ob er ihr noch etwas gesagt hatte, als er sie drückte, vielleicht ein »Ich liebe dich«. Seit damals hatten sie Weihnachten verdrängt, ihre Mutter durch Schweigen und Iris später durch Reisen in andere Länder. Es war, als würden diese Feiertage nicht existieren.

Doch heute schien ihre Mutter in der Vergangenheit festzustecken. Waren es Anzeichen von Alzheimer oder Demenz oder verarbeitete sie nun endlich das Trauma von damals? Iris hatte gehört, dass man Personen in so einem Zustand nicht aus der Erinnerung herausreißen, sondern mitspielen sollte, auch wenn es hieße, in die dunkelste Zeit ihres Lebens zurückzukehren.

Sie ging in den Keller. Beim Öffnen der Tür kam ihr ein Gestank entgegen, als würden die Poren der Gemäuer all den alten Kalk und Schimmel ausschwitzen. Sie schaltete die Deckenlampe ein. Ein kurzes Flackern, dann war der Vorraum matt erleuchtet. In einem offenen Regal lagen ihre alten Spielzeuge, in der Kommode daneben ihre Kleidungsstücke. Sie ging weiter in den großen Hauptraum, wo sich müdes Licht verbreitete. Am Ende eines Ganges entdeckte Iris die alte Holzwerkbank ihres Vaters. Sie steuerte geradewegs darauf zu und strich mit ihren Fingern über die tiefen Kerben. Auf der Holzablage darunter waren noch immer seine Werkzeuge, daneben seine Tischkreissäge und in der Ecke seine Axt. An der Wand dahinter entdeckte sie rotbraune Flecken, vermutlich von Farbe. Iris erinnerte sich an die Geräusche, die aus dem Keller drangen, wenn er an etwas gearbeitet hatte, an den Geruch von heißen Sägeblättern nach einem Holzschnitt und Lack, wenn er an einem Möbelstück gefärbt hatte. Ihr Atem beschleunigte sich.

Sie drehte sich schnell um und öffnete die Türen eines Schrankes. Ein beißender Geruch kam ihr entgegen. Statt Weihnachtsdekoration zu beherbergen, war er von oben bis unten gefüllt mit Einweckgläsern. In manchen schwammen fahle Stücke in einer trüben Flüssigkeit, andere sahen noch relativ klar aus. Waren das etwa die Birnen und Äpfel, die ihre Mutter im Sommer vor seinem Weggang eingeweckt hatte? An Heiligabend hatte Iris ein Glas nach oben geholt. Schnell schloss sie die Schranktüren wieder. In der Kommode daneben fand sie, was sie suchte. Sie schnappte sich die Lichterkette, das Lametta und den Weihnachtsstern und wollte gerade wieder gehen, als ihr Blick auf eine Kleiderstange in einer Ecke fiel. Trotz der schwachen Beleuchtung erkannte sie das blaue Hemd, die braune Kordhose und die türkisfarbene Trainingsjacke sofort. Sie legte die Weihnachtsdekoration auf den Boden, ging auf die Ecke zu und drückte die Jacke an sich. Auch nach Jahrzehnten roch sie nach ihm. Ein Beben durchfuhr Iris und legte all die Erinnerungen frei, die unter einer Schicht aus Trauer und Groll vergraben gewesen waren. Das blaue Hemd hatte ihr Vater bei ihrer Einschulung getragen, die Cordhose an dem einen Tag auf dem Spielplatz, als er sie unermüdlich an der Schaukel angeschubst hatte. Iris fasste die Sachen an, atmete ihren Geruch ein, rieb ihr Gesicht daran. Sie öffnete einen weiteren Schrank. Auf dem Boden entdeckte sie eine große Tüte, aus der ein schwarzer Stoff ragte. Ihr Atem stockte. Mit zitternden Händen zog sie den Mantel heraus und strich über das Fell an den Ärmeln. Ihr wurde schwarz vor Augen, sie taumelte.

»Irilein«, hörte sie ihre Mutter von oben rufen. »Wo bleibst du denn?«

»Ich komme«, rief Iris schwach. Sie drückte den Mantel lange an sich, sog seinen Geruch ein und legte ihn zurück in die Tüte. Was war an dem Tag vor dreißig Jahren passiert? Es gab nur eine Möglichkeit, dies herauszufinden: Sie musste mit ihrer Mutter zusammen in die Vergangenheit reisen und versuchen, die Wahrheit aus ihr herauszuziehen.

Mit der Weihnachtsbaumdekoration ging sie die Treppe nach oben, wo sich der Duft von Rotkohl leicht über den Kellergeruch legte. Iris schwenkte das Lametta in die Höhe und rief: »Da bin ich wieder.«

Ihre Mutter blickte aus der Küche heraus. »Ach schön! Du kannst die Sachen ins Wohnzimmer bringen.«

Iris legte die Dekoration auf dem Couchtisch ab und ging in die Küche. »Wo bleibt denn Vati mit dem Baum?«

»Er kommt sicher gleich«, antwortet ihre Mutter.

»Wo ist er eigentlich hingefahren?«, hakte Iris nach.

»Er wollte diesmal in den Wald fahren und selbst einen Tannenbaum fällen.« Ihre Mutter rührte den Rotkohl um.

Iris schaute sie an. »Da hat er sicher seinen schwarzen Wintermantel mitgenommen.«

»Aber natürlich, Kindchen. Soll er denn frieren?«, fragte ihre Mutter, ohne aufzublicken.

»Und seine Axt, hat er die auch mitgenommen?«

Ihre Mutter lachte und schaute sie nun an. »Was du für Fragen stellst. Er kann den Baum ja schlecht aus eigener Kraft herausreißen. Hilfst du mir bitte?« Sie reichte Iris drei Teller, drei Gläser und drei Besteck-Sets.

Iris verteilte das Geschirr auf dem mit einem Adventskranz und einer weihnachtlichen Tischdecke geschmückten Esstisch. Ihr Bauch verkrampfte sich. Unermüdlich stellte sie sich dieselbe Frage: Wie kann es sein, dass der Mantel ihres Vaters, den er bei seinem Weggang getragen hatte, im Keller hing? Sollte sie ihre Mutter damit konfrontieren? Vermutlich gab es eine logische Erklärung für alles, auch wenn ihre Fantasie keine erfinden konnte, so sehr sie es auch versuchte.

Während das Essen kochte, saßen sie wie damals zusammen auf der Couch und hörten Weihnachtsmusik.

Ihre Mutter summte die Melodien mit und sang die Zeilen, die sie auswendig konnte. Zwischendurch schaute sie nach den Klößen. »Essen ist fertig«, verkündete sie nach einer Weile mit einem Lächeln.

»Aber Vati ist noch nicht da«, entgegnete Iris.

»Wir können nicht ewig auf ihn warten.« In der Stimme ihrer Mutter lag ein leichter Groll. »Sonst wird es kalt.« Sie trug die Schüssel mit dem Rotkraut in der einen und die Schale mit den Klößen in der anderen Hand zum Tisch. »Bringst du bitte noch die Soße und das Fleisch?«

Zögerlich holte Iris sie aus der Küche. Ihre Mutter verteilte das Essen auf ihren beiden Tellern. Iris hatte damals schon ein ungutes Gefühl dabei gehabt, ohne ihren Vater zu beginnen, und nur ein paar Bissen herunterbekommen. Sie stocherte im Rotkraut herum und schnitt einen Kloß auf, ohne ihn zu essen.

»Hast du keinen Hunger?«, fragte ihre Mutter mit vollem Mund.

»Nein. Ich esse auch kein Fleisch«, antwortete Iris.

»Ach so? Das ist mir neu. Dann esse ich deine Reste. Wäre ja schade drum.« Mit den Worten schnappte sich ihre Mutter zwei Klöße und das Fleischstück und legte sie auf ihren Teller.

»Wunderst du dich gar nicht darüber, dass Vati nicht zurückkommt?«, fragte Iris.

»Du kennst ihn ja«, murmelte ihre Mutter.

»Was meinst du?«, hakte sie nach.

»Naja, er ist nicht gerade der Zuverlässigste, wie du weißt« Ihre Mutter nahm einen Bissen von dem Fleisch. »Lecker.«

Für Iris war er der perfekte Vater gewesen. Er hatte sie von der Kita abgeholt, mit ihr Puppen und Bauklötze gespielt und immer einen Witz auf Lager gehabt. Wenn er spätabends nach Hause kehrte, was oft vorkam, brachte er ihr eine Süßigkeit, eine Zeitschrift oder etwas anderes mit, das ihren Ärger sofort vergessen ließ.

Als er fortging, gab sie sich lange Zeit die Schuld daran und war mehrmals in Paris gewesen, auf der Suche nach ihm oder einem Anhaltspunkt.

Nachdem sie fertig gegessen hatten, brachte ihre Mutter das Geschirr zurück in die Küche.

»Möchtest du den Teller von Vati gar nicht stehen lassen?«, fragte Iris.

Die Mutter verharrte einen Augenblick in der Bewegung und sagte dann lächelnd: »Ja, natürlich. Er kommt sicher gleich und wird dann einen riesigen Hunger haben.«

Sie setzten sich wieder auf die Couch. »Wollen wir nicht deinen Lieblingsweihnachtsfilm schauen?«, fragte ihre Mutter. »Kevin allein zuhaus.« Ohne auf eine Antwort zu warten schaltete sie den Fernseher ein, wo der Film tatsächlich auf einem Sender lief, auch wenn er bereits zur Hälfte vorbei war. Damals hatten sie ihn auch gesehen, auch wenn Iris sich nicht darauf konzentrieren hatte können.

»Wollen wir nicht lieber Vati suchen gehen?«, fragte sie.

Ihre Mutter schüttelte den Kopf. »Er ist sicher auf dem Weg, oder ist wieder in einer Bar gelandet. Wir lassen uns davon nicht das Weihnachtsfest verderben.«

War ihr Vater so oft unterwegs gewesen und am Ende gar nicht mehr wiedergekommen, weil ihn das Familienleben eingezwängt hatte? Aber was war mit dem Mantel?

»Komm, wir essen dazu einen Nachtisch! Bringe bitte die eingeweckten Birnen aus dem Keller«, bat ihre Mutter.

»Bist du sicher, dass sie noch gut sind?«, erwiderte Iris vorsichtig.

»Ach Irilein, ich habe sie doch erst dieses Jahr eingeweckt. So schnell verderben die nicht«, antwortete ihre Mutter.

Iris stand auf und ging in den Keller. Ihr Blick fiel wieder auf die schwach beleuchtete Ecke mit der Tüte. Magisch fühlte sie sich von ihr angezogen. Sie holte den schwarzen Mantel heraus und roch noch einmal daran. Bis auf seinen eigenen Geruch, der sich zwischen den Fasern verbarg, fand sie nichts, was ihr weiterhalf. Sie tastete den Mantel ab und griff in die Taschen. In der einen kam ein Taschentuch zum Vorschein, in der anderen ein zusammengeknüllter Zettel. Iris faltete ihn auseinander und erkannte ihn sofort. Es war der Abschiedsbrief ihres Vaters. Sie las ihn und begann zu weinen. Wie konnte er sie nur für irgendeine Pariserin verlassen? Doch etwas kam ihr seltsam vor. Die Schrift erinnerte sie an die ihrer Mutter. Hatte sie etwas mit seinem Verschwinden zu tun? Sie faltete den Zettel wieder zusammen und steckte ihn in ihre Hosentasche.

Anschließend ging sie zu dem Schrank mit den Einweckgläsern, nahm eines heraus und schaute es zweifelnd an. Ob man die Birnen nach so langer Zeit noch essen konnte? Immerhin war die Flüssigkeit in dem Glas noch klar, im Gegensatz zu manchen Gläsern, die unappetitlich trüb aussahen.

Iris blickte zur Tischsäge, auf die rotbraunen Flecken an der Wand, dann wieder zum Glas in ihrer Hand. Sie fühlte den Brief in ihrer Tasche und erinnerte sich an ein dumpfes Geräusch, das sie, kurz nachdem ihr Vater ihr Zimmer verlassen hatte, selbst durch die Musik aus ihren Kopfhörern hindurch gehört hatte. Ihr wurde wieder schwarz vor Augen. Sie stützte sich am Schrank ab und atmete tief ein und aus.

»Irilein«, hörte sie die Stimme ihrer Mutter rufen.

Iris Herz raste. Sie musste schnell weg hier, weg von diesem Keller, ihrer Mutter und diesem Haus. Mit dem Glas in der Hand ging sie nach oben.

»Birnen mochtest du doch immer so gerne, Irilein.” Ihre Mutter zog am Weckgummi und hob den Deckel ab.

»Ich gehe noch kurz an die frische Luft, Mutter. Ein kleiner Verdauungsspaziergang.”

Leise zog sie Jacke und Schuhe an und holte ihre Tasche.

Ihre Mutter rief aus der Küche. »Es gibt Eis zu den Birnen, ich hole es schon aus dem Gefrierfach. Geh nicht zu weit, Irilein, sonst schmilzt es.«

Hastig verließ Iris das Haus. Sog die klare Nachtluft ein. Dann rief sie die Polizei.

Jill Kaltenborn

Rosenkohl

Ich konnte mich beim besten Willen nicht entsinnen, ob Loretta Rosenkohl mochte. Da lebten wir seit über zwanzig Jahren zusammen, und dann so etwas. Aber daran sollte es nicht scheitern.

»Es ist so schön, dass du da bist, Manfred«, krächzte ihre Stimme aus dem Esszimmer. »Findest du nicht auch, Christa?«

»Wunderbar«, grummelte ich, griff zum steinernen Mörser und streute das weiße Pulver über die kleinen grünen Bällchen. Sicherheitshalber träufelte ich ein wenig Erdnussöl darüber, damit Loretta nicht versehentlich zugriff. Orientalische Art, würde ich sagen. Denn ihre Allergien kannte ich immerhin zu Genüge. Schließlich war sie alles, was ich noch hatte, seit Balu sich vor vier Wochen den Weg aus unserer Wohnung erkämpft hatte und unter die Räder gekommen war.

»Ich bin ein bisschen aufgeregt«, sagte Loretta weiter und kicherte wie ein kleines Mädchen. »Vielleicht hätte ich doch lieber eine Herztablette mehr nehmen sollen. Das ist doch der Vorteil, wenn man so alt ist, oder? Dass man seinen Körper auf legale Weise mit Pillen so hinbiegen kann, wie man es gerade braucht.« Wieder dieses nervöse Kichern und ich konnte mir vorstellen, wie sie Manfred von zwei Etagen tiefer, den sie nun seit fast einem halben Jahr regelmäßig traf, dabei angrinste.

»Ich sehe keinen einzigen Vorteil daran, alt zu sein«, antwortete ich unwirsch und fühlte mich fast wie Ebenezer Scrooge, obwohl Weihnachten mein Lieblingsfest war. Bis Manfred kam.

Ich rührte kräftig in der Schale, bis das Pulver, das mich an Puderzucker erinnerte, verschwunden war, und betrachtete die kleinen Engelchen auf dem Rand der Schale. Loretta hatte sie mir vor Jahren geschenkt. »Außerdem finde ich es falsch, die Erwartungen herunterzuschrauben, nur weil wir alt sind. Ein Tag, an dem der Rücken erträglich ist, an dem Essen und Fernsehprogramm stimmen, soll ein guter Tag sein? Nur weil die Umstände schwieriger geworden sind, heißt es doch nicht, dass sie uns im Griff haben. Wo bleibt die Kontrolle? Man sollte immer die Kontrolle über sein Leben behalten, egal, wie alt und unbeweglich man ist.« Ich legte den Löffel beiseite und rieb mir die schmerzenden Fingergelenke, die meine These widerlegen wollten.

Loretta lachte und auch Manfred machte derartige Geräusche. »Ach, du wieder, du Zynische. Heute ist Weihnachten und wir sollten uns darüber freuen, was wir haben. Zum Beispiel einen Gast. So gibt es trotz des Alters immer mal etwas Neues.«

Sicher kannst du dankbar für Manfred sein, Loretta. Du weißt ja auch nicht, dass er mich vor dir angegraben hat. Dass ich ihn abgewiesen habe, weil ich dich habe. Und wir zwei genug sind. *Einsamkeit tötet mehr Menschen als ein Herzinfarkt.* Das hatte ich irgendwo gelesen.

Und da mein Herz im Gegensatz zu dem von Manfred noch ganz wunderbar funktionierte, hatte ich nicht vor, dass sie mich dahinraffte. Bei ihm würde dieses Pülverchen den Rest erledigen.

Ich sah auf die Schüssel mit den Engelchen und sie schienen mir zuzurufen, dass dies eine ziemlich drastische Maßnahme sei. Vermutlich hatten sie recht. Schließlich war Weihnachten, das Fest der Liebe.

Ich schüttelte den Kopf, ließ die Schüssel auf der Arbeitsplatte stehen und ging ins Esszimmer. Rosenkohl mochte doch ohnehin niemand. Ich würde das Gemüse später entsorgen und meinen Einfall als senile geistige Umnachtung abheften.

Mit meinem schönsten Lächeln, das ungewohnte Muskeln aktivierte, setzte ich mich an den Tisch, auf dem Rotkohl aus dem Glas und ein Stück Ente aus einer Aluschale lagen. Na, schön, dann würde ich mir einfach anhören, was sie mir so Wichtiges sagen wollten. Das, weswegen wir Manfred aus dem Erdgeschoss einladen mussten. Den Mann, der mir Loretta wegnehmen würde. Schließlich hatte ich mitbekommen, wie oft er einfließen ließ, dass seine Wohnung zu groß für ihn alleine sei, und Loretta immer häufiger erwähnte, dass eine ebenerdige Wohnung ihrem Rheuma entgegenkommen würde.

»Danke für die Einladung, Christa.«

Ich nickte stumm, denn was ich eigentlich hätte sagen wollen, konnte ich nicht in Worte fassen. Ich hatte es stattdessen in Puderzuckerform auf kleine grüne Bällchen gestreut, die niemand mochte.

»So«, sagte ich feierlich, schließlich wollte ich es hinter mich bringen und diese traurige Entenbrust halbwegs warm verspeisen. »Ihr wolltet mir etwas sagen?«

Manfred sah zu Loretta. Im Radio dudelte *Driving Home for Christmas* und ich konnte mir schon vorstellen, was die beiden dabei dachten.

»Nun«, sagte Loretta. »Zunächst möchte ich dir mein Geschenk geben.«

»Ein Geschenk? Wir haben doch gestern Abend schon ...« Ich hatte ihr ein Tablett zum Essen auf dem Sofa geschenkt und sie mir einen Rückenkratzer. So viel zu Erwartungen im Alter.

»Ich habe aber noch etwas für dich.« Loretta nahm ein Paket in rotem Papier von dem Stuhl neben sich und legte es auf den Tisch. Tränen glitzerten durch ihre dicken Brillengläser. Ein Abschiedsgeschenk also, so, so.

Ich entfernte die Schleife, öffnete das Papier und hervor kam ein Packen Wollknäule in hellem Beige. Weil ich ohne sie wieder mehr Zeit für das Stricken hätte? Ich sah sie fragend an.

»Fass sie an«, ermutigte mich Loretta.

Meine Hände glitten über die Fasern und ich musste zugeben, dass es die weichste Wolle war, die mir bisher untergekommen war. »Wunderschön«, sagte ich. »Vielen Dank.«

Loretta sah zu Manfred. Mein Gott wird das jetzt immer so gehen, dass die beiden eine geheime Unterhaltung neben der offiziellen führen? Wie nervig. Ich dachte an den Rosenkohl in der Küche.

»Balu«, setzte Loretta mit zitternder Stimme an. »Das ist die Wolle von Balu. Ich habe sein Fell nach dem Bürsten gesammelt und zu einer Spinnerei geschickt. Nun kannst du ihn immer bei dir haben.«

Ich wusste nicht, was ich sagen sollte. Fand ich es eklig oder wunderschön? Nun stiegen auch mir die Tränen in die Augen, ich hatte ja nicht gewusst, wie sehr Balu mir fehlte. Ja, dachte ich. Wenn ich ihn noch hätte, hätte es mir nichts ausgemacht, Loretta gehen zu lassen, und die ganze Sache mit dem Rosenkohl wäre mir gar nicht in den Sinn gekommen.

»Danke, Loretta, das ist ja wirklich etwas Besonderes. Aber was wolltet ihr mir denn sagen?« Raus damit, los!

»Balu ... Also es ist ...«, stammelte Loretta.

»Es ist was?«

»Die Tür«, meldete Manfred sich zu Wort und seine Stimme klang in diesem Zimmer unpassender als alles andere. »Ich schätze, wir haben sie offen gelassen.«

»Ihr schätzt?« Ich bekam gar nicht mit, dass ich sprach.

»Ja, wir hatten einen Spaziergang gemacht. Die Sonne schien.«

Einen Spaziergang? Nie verließ Loretta das Haus.

»Und als wir wiederkamen, da stand die Tür offen und Balu war weg. Du warst einkaufen, weißt du noch?«

Ob ich es noch wusste? Ich würde es nie vergessen!

»Ich bin untröstlich«.

»Du ...« Ich sah zwischen Loretta und Manfred hin und her, endete bei Loretta. »Du hast zu mir gesagt, du hättest die Wohnung nicht verlassen. Hast mich in dem Glauben gelassen, dass ich die Tür ...«

Sie sah mich nicht an. »Es tut mir so leid.«

Ich sah auf den Tisch. Auf die Ente, die Servietten. Hörte irgendwo das Wort Christmas. Es war Weihnachten, verdammt! Aber die Trauer war stark. Die Trauer, der Betrug. Und da war noch etwas. Hass?

Ich atmete tief ein, dachte an den Geist der Weihnacht. Vergebung. Selbstlosigkeit. Zusammensein.

Kontrolle. Ich brauchte meine Kontrolle wieder.

Ich sah zu Manfred, dem ein Stück Rotkohl aus dem Mundwinkel hing. Toll, er hatte das Essen bereits probiert, während ich in der Küche schuftete. Die Küche, in der eine Schale mit Rosenkohl stand.

Ich sah auf die Wolle in dem Karton, die rein gar nichts mit meinem Balu zu tun hatte. Seiner Lebensfreude, seiner Wärme, seiner Liebe.

Vergebung. Es war Weihnachten.

Ich setzte mich gerader hin, zwang mich zu einem Lächeln. »Danke, dass ihr mir das gesagt habt, ich schätze eure Ehrlichkeit.« Das stimmte auch. »Und nun, lasst uns essen, bevor alles kalt wird.«

»Christa, wirst du mir je verzeihen können?«, fragte Loretta und legte ihre eiskalte Hand auf meine.

Ich sah sie an. Lange, vielleicht zu lange. Ihre milchigen Augen, ihre lange Nase. Dieser dezente Geruch nach Urin stieg mir in die Nase. Klar, heute hatte unsere Pflegekraft auch frei.

Ich zog meine Hand weg, stand umständlich auf. »Da fällt mir ein, ich habe doch noch etwas in der Küche vergessen, ich Dummerchen.« Ich bemerkte, wie die beiden einen Blick wechselten, und verließ das Esszimmer. Ging hin zu der weißen Schüssel. Nahm sie in die Hände. Die Engel sahen mich vorwurfsvoll an. »Es ist Weihnachten«, schienen sie zu sagen. Aber was wussten sie schon? Sie waren schließlich für immer zu zehnt auf dieser Schale vereint.

Ich ging zurück ins Esszimmer und stellte die Schale auf den Tisch.

»Rosenkohl?« Loretta rümpfte die Nase. »Ich wusste gar nicht, dass du Rosenkohl magst.«

Aha, dann hatten wir ihn also wirklich nie zusammen gegessen.

»Ich dachte, ich probiere etwas Neues. Für Manfred«, griff ich Lorettas Worte von vorhin auf.

Einsamkeit tötet mehr Menschen als ein Herzinfarkt. Ich war gewillt, es mit der Einsamkeit aufzunehmen.

Ich schob die Schüssel an der schrumpeligen Entenbrust vorbei auf einen Platz zwischen das glückliche Pärchen.

»Orientalische Art«, fügte ich hinzu. »Loretta, vielleicht solltest du ihn auch probieren. Es ist wirklich Zeit für etwas Neues. Findest du nicht?«

Besuchen Sie uns im Internet: www.pattloch.de

FSC
www.fsc.org
MIX
Papier | Fördert gute Waldnutzung
FSC® C083411

Bildnachweis: Cover: teracreonte/stock.adobe.com;
Shutterstock.com: DDDART, JorgFv;
Innenteil: Christine Rechl
Coverentwurf: Alicia Terry
Layout und Satz: Christine Rechl
Gesamtherstellung: CPI books GmbH, Leck, Germany

ISBN 978-3-629-01541-9

Kontaktadresse nach EU-Produktsicherheitsverordnung:
produktsicherheit@droemer-knaur.de

2 4 5 3 1